CONTENTS

バツイチ子持ち令嬢の新たなる縁談

Kureha Mikoshiba
御子柴くれは

Honey Novel

Illustration

KRN

序章　一目惚れの仮面舞踏会

黒い墨を流したような夜空には点々と星がきらめき、少し欠けた歪《いびつ》な形の月の光が雨のごとく皓々《こうこう》と降り注ぐ。緩く吹き抜ける風は初夏にふさわしくやや湿り気を帯びているが、暑いぐらいだった昼を思えば涼しくて心地よい。

眼前にあるサンドフォード子爵の大きな屋敷の門には、多くの馬車が停《と》められていた。社交界好きの子爵が誰彼構わず招待状を送っていたのだろう、老若男女さまざまに着飾った人々が大きく開かれた両開きの扉から漏れ出る明かりの中に吸い込まれていく。

「ジェイクさま、どうかなさいましたか?」

側近で従者のアレックスの呼びかけで、頭上を仰いでいたジェイク・ウィルキンズは自分が立ち止まっていたことに気づいた。

「――いや、少し考えごとをしていただけだ」

「気が進まないのでしたら、いまからでもお帰りになってはどうです? ウィルキンズ伯爵は社交界の花形ですからぜったい出席してほしいというサンドフォード子爵のお気持ちもわかりますが、そこにジェイクさまがお付き合いなさる必要はないと申し上げたはずです」

ジェイクは返答に窮してわずかに黙すも、間もなく右手に持っていた鷲《わし》を象《かたど》った仮面をつける。

「ずいぶん遅れたが、モーリスにキャロラインとの結婚祝いを言わねばならん。それに今回は仮面舞踏会だからこそ参加を決められたんだ」

モーリス・サンドフォードは領主の息子たちが通う修道院付属学校の後輩で、さほど交流があったわけではないが、旧知の仲であった。

それに今宵《こよい》は仮面舞踏会、出席者は全員仮面を着用する手筈《てはず》となっていた。これならばいつもの社交場のように、ジェイクが注目の的になることはないだろう。

しかしアレックスは不服そうに唇を尖《とが》らせる。

「ジェイク・ウィルキンズの華やかさやオーラ、気品は仮面などでは到底隠せませんがね」

そんな己の一番の理解者に、思わず笑みがこぼれ落ちた。

「ふふふっ、お前は相変わらずだな。心配するな、俺はお前一筋だ」

「また、ご冗談を！　ジェイクさまがそんな調子だから、巷《ちまた》では男色家——」

言葉を続けるアレックスを無視してその場に捨て置き、ジェイクもまた会場の入り口へと足を踏み出した。

ジェイクは間もなく音楽と人々の喧噪《けんそう》に満ちたホールから廊下に出た。

仮面のおかげでジェイク・ウィルキンズとばれることはなかったが、元より社交場を楽しむタイプでもなかったし、当のモーリスが早々に離婚したらしいことを聞き及んだため、彼を捜すことも諦め、客用の控え室で、熱気でほてった身体《からだ》を冷ましてから帰ろうと思っていた。

廊下は薄暗く、しんと静まり返っており、ひと気は感じられない。

控え室に続く内開きの扉を押した――そのとき、「きゃっ！」という女性の悲鳴とどさりという音が中から聞こえてきた。

ジェイクは慌ててドアを引くも、向こう側からは「痛ぁ……」とか細い声がする。

「大丈夫ですか!?　すみません、レディ。中に誰かいるとは思わなくて――入りますよ？」

一応紳士的に断ってから再びそっと扉を押すと、まず目に入ったのは薄桃色のドレスの裾だった。先ほど転ばせてしまったのか、女性は入り口から離れたところにしゃがみ込んでうつむいている。緩く巻かれた金髪がさらりと流れ、顔を覆っていた。

ジェイクは急いで女性の許《もと》に駆け寄ると、膝をつき、手を差し出す。

「俺に摑《つか》まってください」

「は、はい……あの、あ、ありがとうございます」

そうして顔を上げた女性の顔を間近にした途端、雷に打たれたかのような衝撃がジェイクを襲った。

（なんと麗しく、美しい――！）

それはジェイクが理想とする女性の姿だった。小柄でほっそりとした体軀《たいく》、金髪に合う深く大きな青い瞳、縁取る長い睫毛《まつげ》、通った鼻筋にぽってりとした唇が見事な黄金比を持つ。どことなく少女の面影が抜けていない気もしたが、童顔なところもまた胸のうちをくすぐられた。

ジェイクが大きく目を開いてじっと見つめていたからか、女性は慌てて外れていた孔雀《くじゃく》を象った仮面をつける。

「す、すみませんっ……私、社交界デビューしたばかりで……仮面舞踏会なのに顔をさらす失態まで犯してしまって……」

孔雀の彼女はしどろもどろ言い訳しながら、ジェイクの手を借りて立ち上がった。

「ありがとうございます」

ようやく落ち着いたのか、女性は丁寧に頭を下げる。

「特にケガもありませんので大丈夫です。これで失礼します」

思わずぼうっとしていたジェイクは、女性が背を向けたことではっと我に返った。

「ま、待ってくれ！」

女性の背中に声をかけると、ジェイクは回り込んでドアの前に立つ。

「お、俺とダンスしてくれませんか⁉」

常日頃女性にはモテているジェイクも、自ら誘ったことが初めてだったため、ついそんななんの面白味もない文句が出てしまった。

（せめて名前とか、どこの領地出身だとか、もっと先に聞くべきことがあるだろう⁉）

心の中で自身を罵っていたら、女性は困ったように下を向いてしまう。

「……ごめんなさい」

「えっ」

(もしかして、俺、振られたのか?)

愕然《がくぜん》とするジェイクだったが、女性の惑う様子から、そうではないらしいことに気づいた。

「実はもう帰るところだったんです。慣れない空気に当てられてしまって――」

そうして再び頭を下げた女性は、ジェイクを通り越してドアに近づく。

「それに私などにお相手は務まりません。ホールには素敵なレディがそろっていますから」

自嘲気味に笑いながら、ドアを開ける女性。

ジェイクは諦めるわけにいかなかった。だけど、慣れない彼にはそれ以上の誘い文句が出てこない。

「あ、あの!」

「はい?」

「せめて仮面をいただけませんか!?」

(何を言ってるんだ、俺は!)

後悔先に立たず。女性は呆気《あっけ》に取られているようだ。

「で、でも、これは――」

「お金ならいくらでも払いますから!」

そういう問題ではないだろうに、しかしジェイクの言葉は止まらない。何か、彼女が存在していた証《あかし》、のちに捜す手がかりがほしかったのだ。

「……わ、わかりました」

女性は意を決したように孔雀の仮面を外すと、それをジェイクに手渡した。「お金は結構です」と前置きして。

素顔の彼女は頬を朱に染め、上目遣いでジェイクを見つめている。

ジェイクはそれだけで心を射貫《いぬ》かれた。

(あと、あと何を聞けばいいんだ⁉)

すると廊下の向こうから、おそらく女性を呼んでいるのであろう声が聞こえてくる。

「お嬢さま！　お嬢さま！」

「レベッカ⁉　ここよ！」

女性はドレスの裾をつまんでぺこりとお辞儀すると、背を向けて小走りに声のほうに向かっていった。

あとに残されたのは、孔雀の仮面を持ってその場に立ち尽くすジェイクだ。

しばらくしたあと、心配した様子のアレックスが駆けつけてくる。

「こちらにいらしたのですね。ホール内で急にお姿が見えなくなったので捜しましたよ」

「…………」

「まったくジェイクさまは自由なんですから。少しは従者の気持ちも考えてほしいですな」

「…………」

「聞いておられますか？　ジェイクさま――って、その仮面は？」

「彼女こそ俺が待ち続けた理想の女性だ」

「はあ？」

突拍子もない主《あるじ》の言葉に、ついアレックスは呆《ほう》けた声を上げた。

「アレックス。重要任務を与える」

「っ!?　な、なんでしょう!?」

生真面目に見つめてくるジェイクを前に、ごくりと息を吞《の》むアレックス。

「この仮面がぴったり合う女性を捜すのだ！」

「…………」

あまりに無謀で滑稽な内容に目が点になるアレックスだったが、ジェイクは至って真面目だった。

(俺がこれまで誰とも交際しなかったのは、彼女に会うためだったんだ――！)

あの、雷に打たれたかのような一目惚《ひとめぼ》れ。

それにしてもせめて名前を聞くべきだったのでは？　と、このあとアレックスにたしなめられるのだったが。

一章　バツイチ子持ち令嬢の新たなる縁談

社交界デビューしたのち、初めて出席した仮面舞踏会から四年後。

アリンガム男爵令嬢エレノーラは本を片手に中庭の椅子に腰かけ、レベッカの給仕で午後のひとときを楽しんでいた。

けれどレベッカのほうは気が気でないといった態《てい》で、読書に励むエレノーラの様子をちらちらと窺《うかが》いつつ、そっと話題を振る。

「お、お嬢さま、旦那さまが仰《おつしや》っていたウィルキンズ家主催のお茶会にご参加されてはいかがですか？」

紅茶のおかわりをポットからカップへ注ぎ終わったところで、エレノーラが顔を上げた。

「レベッカ……何度も言わせないでちょうだい。私なんて誰も相手にしてくださらないわ。出ても恥をかくだけよ」

本をぱたんと閉じ、紅茶をひとくちすする。それから自らの姿を見て、大きなため息をついた。

今日のエレノーラは、ひだつきの襟に裾に白いレースのついた臙脂色《えんじいろ》のドレスをまとっているが、実はこれは一張羅で、ほかにまともな服を持っていない。アリンガム男爵家はいま、それほどまでに経済的に逼迫《ひっぱく》していた。レベッカの着ているエプロンドレスもところどころに繕った痕があり、己の侍女にもまともな服装をさせてあげることができないでいる。

しかしレベッカは、それがなんだとばかりに目を吊《つ》り上《あ》げた。

「そんなこと！　お嬢さまは二十二歳でまだまだお若いですし、お顔もお美しく、凹凸がはっきりしたスタイルで、社交場に戻れば引く手あまたに決まっています！」

長い茶色の髪を三つ編みにしたレベッカも実はエレノーラと同い年なのだが、彼女はそばかすの浮いた顔を険しくして、己の主がいかにすばらしいかを説いていく。

「お優しい上にお料理もお裁縫もお上手で、このままご実家にいらっしゃるのはもったいないです！」

「そう言ってくれるのはうれしいけれど――」

エレノーラが眉を下げたとき、花園のほうからこちらに向かって駆けてくる足音が聞こえてきた。

「ママー！」

小鳥が鳴くようなかわいらしい声でエレノーラを呼び、ドレスの裾ごと足に抱きついてくる幼子がひとり。ばふっと顔をうずめ、すりすりと甘えるように頬を擦《こす》りつけている。わずかに朱に染まったぷくぷくのほっぺたは、彼女が〇歳の頃から変わっていない。

「アンジェラ。お庭遊びはもういいの？」

エレノーラが目を細めて聞くと、アンジェラと呼ばれた女の子はこくんと頷《うなず》いた。エレノーラと同じ金色の巻き毛と碧眼《へきがん》を持つ彼女は、鮮やかな緑色のドレスの背中に隠していた一輪のバラを差し出す。

「おくにバラがさいてたのよ。ママのためにとってきたの」

「あら、ありがとう」

微笑《ほほえ》んで赤いバラを受け取ると、アンジェラはうれしそうに「えへへ」と笑った。

「まあ、アンジェラさま！　あちこち泥だらけではないですか！　すぐに湯浴《ゆあ》みの準備をしないとっ」

目ざといレベッカが言うと、アンジェラはびくっと身体をすくませる。

「い、いますぐ……？」

「そうです。旦那さまに見つかったら、今度こそ大目玉を食らいますよ！」

しかしアンジェラは厳しい侍女の手をすり抜け、エレノーラにウインクしてみせると、また走って庭の奥へ行ってしまった。

「まったくアンジェラさまときたら！　四歳におなりになったというのに、全然落ち着きがありませんね！」

はあっと、レベッカは額に手を当てて首を振る。

エレノーラはかぐわしいバラの匂いを嗅ぎながら、いとしい娘の行き先を目で追う。

庭師を雇えなくなってから庭は雑然としているものの、子供にとっては秘密の遊び場らしい。元気いっぱいで活動的なアンジェラは、家の中で読書や勉強をするより庭を探検するほうが好きなのだ。

「エレノーラさまに似ているようで、まったく似ていないんですよね」

何気ないレベッカのそんなひとことに、エレノーラの眉間にしわが寄る。

「アンジェラは私の子よ。レベッカも知ってるでしょう？」

「も、もちろんですとも！　申し訳ございません、失言でした」

レベッカが慌てて謝罪すると、エレノーラは我に返ったかのようにはっとなり、「私こそごめんなさい。ついむきになって――」と目を伏せた。

実家に出戻り早三年、エレノーラは実父のダライアス、そしてアンジェラと一緒に慎《つつ》ましやかに暮らしていた。

経済的に余裕のないアリンガム家では、レベッカが唯一の使用人だ。幼い頃から一緒に育ってきたこともあり、結婚するさいも離婚するさいも帯同してきた。そう、エレノーラは若くしてバツイチという、このオールディントン王国ではかなり珍しい存在だった。

前夫のサンドフォード子爵モーリスとは一度きりの社交の場、あの仮面舞踏会で出会った。ダライアスの勧めもあり、十八歳のときに四つ年上の彼の後妻に収まる。しかし間もなくモーリスに一方的に離縁を迫られ、アンジェラとともに子爵家を追い出されてしまった。

だからエレノーラは自分に自信がない。レベッカやダライアスの言う通り、バツイチであろうと若いうちに積極的に社交場に出て、どこかの貴族の支援を受けなくてはアリンガム家が立ちゆかない。しかしエレノーラはいまの生活に満足していた。食べものにも着るものにも困っているが、それでも家族そろって生きている。ほかに何がいるだろうかと思うのだ。

そんなエレノーラの気持ちを知っているから、レベッカは強く進言できない。

「お嬢さま、わたくしは諦めきれないのです」

「レベッカ……」

ぽつりとこぼす己の侍女に、エレノーラは小さく笑って感謝を示した。

「あなたの気持ちはよくわかっているつもりよ。いつか本当の王子さまが、でしょう？」

「はい」

レベッカが頷いたので、ふたりは一度目の結婚をいやでも思い出すことになる。

「旦那さまはアリンガム男爵家の存続のためだけに、金銭的に余裕のあるサンドフォード子爵家との縁談をまとめられましたが、そもそも好きでもなかったモーリスさまの許に嫁いだことが間違いだったのです」

「…………」

レベッカの言う通りだったから、エレノーラは何も言い返せない。臆病で引っ込み思案なエレノーラは片親で育ってきたこともあり、ダライアスには逆らえなかった。家のため、家族のためにとモーリスと結婚したが、見栄《みえ》っ張《ぱ》りで傲慢な彼にとってエレノーラは一時的なお飾りの妻だった。いらなくなったらゴミを捨てるように、ぽいっとエレノーラを放り出したのだから、貧乏な男爵家の娘に最初からまともな愛情などなかったのだろう。

しかしモーリスのことは責められなかった。なぜならエレノーラもまたモーリスを愛していなかったからだ。

「お嬢さまが愛し、愛される殿方がきっといるはずです。わたくしも全力でサポートしますから、どうか諦めないでください。お嬢さまが幸せになってくださらないとわたくし——」

あまりに不憫《ふびん》だと、レベッカが目に涙を浮かべる。

しかしそうは言われても、アンジェラというこぶつきの女など、どこの殿方がほしがるというのだろうか。ダライアスでさえ、好条件の再婚などすでに諦めかけているというのに。

ふたりが互いに二の句が継げないでいると、屋敷の中からダライアスが現れた。

「エレノーラ、ここにいたのか。レベッカも。ちょうどよかった」

「お父さま。何かご用ですか？」

エレノーラが立ち上がり、レベッカが一歩うしろに下がる。

「いやいや、そのままでよい」

ダライアスはそう鷹揚《おうよう》に告げると、満面の笑みを浮かべてみせた。

「喜べ、エレノーラ。お前の再婚相手が決まった」

「つ……!?」

エレノーラはぎょっとして大きく目を見開く。

レベッカもまた驚き、さっと己の主を見た。

「え……さ、再婚相手、ですか？」

「そうだ」

にこにこと、ダライアスは両手を広げて説明を続ける。

「お相手はアンジェラが一緒でもよいということだ。これでようやく幸せになれるぞ」

「だ、旦那さま！　お嬢さまはそんな愛のない結婚——」

「黙れ、レベッカ」

あまりに勝手な展開につい口を挟みかけたレベッカをたしなめ、ダライアスは娘に向き直った。

「ウィルキンズ伯爵なら、きっとお前とアンジェラを大事にしてくださるだろう」

「ウィルキンズ伯爵……」

それはつい先刻もレベッカの口から出た、茶会の主催者の名ではなかっただろうか。エレノーラは不思議に思い、気づけば疑問が口を衝《つ》いて出ていた。

「お茶会にも出席するつもりはなかったのに、伯爵さまはいったい私のどこを気に入ってくださったのでしょうか？」

「そんな細かいことはよいではないか！　支度金もいらないというのだから、よほどお前を気に入ってくれたのだろう！　しかも御年三十四で初婚らしい！　まさに運命だな！」

ダライアスは上機嫌だ。

「ウィルキンズ領の鉱山から出る金の利権を一部だが譲ってもらえることになったのだ！　あそこの金の産出量が国一番なことはお前も知っているだろう？　それを鋳造して金貨を作れば、我がアリンガム領も経済的に豊かになる！」

オールディントン王国の最北端にあるアリンガムは、元より山岳地帯ということで開拓が遅れていた。それでもこの広大なアリンガム領を先祖代々治めてきた豪族のアリンガム家は、エレノーラの祖父であるギルバートが男爵位を叙勲されたのち、地理的条件が悪い中でも昔ながらの山地農業に励んでいた。

そのギルバートが死に、ひとり息子であったダライアスが跡を継いでからは、無駄に広いくせに生産性がない己の領地を疎むようになり、あらゆる事業に手を出していった。その結果、領主の独走についていけずに嫌気が差した領民たちの反感を買い、民の流出が絶えず、税収は減る一方で、あっという間にギルバートの努力や功績は水泡に帰してしまった。

実母のマデリンが生きていた頃は、ダライアスはまだ正常な判断能力があったように思う。傾斜地が多いことも、標高が高くて気温が低いことも、当たり前のように降る雪も、家族が一緒ならば耐えられた。どんなに慎ましやかな生活でも、家族の愛があれば幸せだったのだ。

しかしいまはどうだろう。マデリンが亡くなってから、彼女の面影を追うばかりにダライアスは酒やギャンブルに傾倒するようになり、屋敷で働いていた者たちは呆《あき》れ、ひとり、またひとりと去った。もちろん蓄えもなくなり、男爵家とは名ばかりの貧乏暮らしが待っていた。

エレノーラが社交界デビューしてからすぐ、モーリスの申し出に一も二もなく諾と応え、多額の支援と引き換えに娘を差し出したのはそんなわけだ。けれどその娘はなんと子供を連れて戻されてしまった。だからダライアスは一刻も早く起死回生を図りたいのだろう。

つまり、エレノーラに選択肢はないということである。エレノーラは昔とすっかり変わってしまった父親を見て、微笑を浮かべた。

「わかりました、お父さま。私はウィルキンズ伯爵さまの許へ嫁ぎます」

素直なエレノーラの返事に、ダライアスはうんうんと満足そうに頷く。

「婚期を逃してきたことから巷では男色家などというけしからん噂《うわさ》もあるが、まあ気にすることはない！　女遊びはいっさいしないいらしい実直なお方ゆえ、前のときのようなこともあるまい！」

「そう、ですね」

エレノーラは目元を和ませつつ、ダライアスに話を合わせる。

何か言いたげなレベッカの視線は感じていたが、エレノーラは彼女のほうを向かなかった。目を合わせたら、せっかくの決心が鈍ってしまうと思ったからだ。


ウィルキンズ伯爵家から前金でももらったのだろう、ダライアスから再婚を勧められた翌日、多くの使用人たちがアリンガム男爵邸に集った。執事、従僕、小姓、下男らが戻り、屋敷の中はあっという間に活気づいていく。荒れ果て放題だった中庭も庭師の手により明るくきれいに蘇《よみがえ》った。アンジェラが摘んできたバラが生えた一角も、二階の自室から見ることができるようになった。

窓の外に寂しげな眼差《まなざ》しを向けていたからか、アンジェラが心配そうに話しかけてくる。

「ママ、だいじょうぶ？　ぐあいがわるいの？」

エレノーラははっとして、自分のドレスの裾を摑む娘を見下ろした。

「なんでもないのよ。でもね、アンジェラ」

「はい、ママ？」

重い空気を察した従順なアンジェラをソファに座らせると、エレノーラはその前にしゃがみ込む。彼女の両手をそっと握った。

「もうすぐこのお家《うち》を出なくてはならないの。アンジェラはお祖父《じい》さまとお別れできる？」

「どうして？　ここにいたらいけないの？」

アンジェラの瞳が不安に揺れる。

なるべく穏便にことを運ぼうと、エレノーラは言葉を選んで言った。

「ママね、結婚することになったのよ」

「けっこん！　じゃ、じゃあ、もしかして、アンジェラにパパができるの!?」

「そういうこと。うれしい？」

「あたりまえよ、ママ！」

座ってなどいられないとばかりにアンジェラは立ち上がり、エレノーラの首にがばっと抱きついてくる。

「ママ、ママ！　おめでとう！　しあわせになってね？」

「アンジェラ……」

まさか幼い愛娘《まなむすめ》がレベッカのように己の幸せを願ってくれているとは思いもしなかったので、エレノーラは少なくない驚きを感じていた。

(もう四歳だものね。いつの間にかこんなにも大きくなっていたんだわ)

それならばきっと、エレノーラの話も理解してくれるだろう。

「でもね、アンジェラが幸せだと思えなければ、ママも幸せにはなれないわ。新しいパパが、もしかしたらアンジェラが思うようなひとではないかもしれない。何もわからないの」

不安を吐露したのはエレノーラのほうだった。エレノーラは怖いのだ。本当にウィルキンズ伯爵が自分たちを受け入れてくれるのか。自身はともかく、アンジェラに愛情を向けてくれるのか。顔も知らない男の許へ嫁ぐのはこれで二度目だが――モーリスと会ったときも仮面をつけていたため、顔はよくわからなかったのだ――、今回は自分ひとりの問題ではない。

「なにいってるの、ママ」

アンジェラがエレノーラの不安を払拭するかのように、きょとんとした顔で瞬いた。

「ママをすきで、けっこんあいてにえらんだひとなのでしょう？　きっとママをしあわせにしてくれるよ！　ママがしあわせなら、わたしもしあわせよ！」

それにね、とアンジェラが前置きする。

「アンジェラ、ママといっしょならどこへいってもしあわせだから！」

「アンジェラ……！」

エレノーラは感極まり、ぎゅっと娘を抱き締めた。少々熱の高い子供ならではの体温と甘いミルクのような匂いが、不安に揺れていた自身の心臓を落ち着かせてくれる。

(そうだわ、何を不安に思っていたのだろう。この子と一緒なら、私はどこへ行こうと幸せなのに)

「私がぜったいにあなたを幸せにするからね」

エレノーラは改めて、アンジェラを授かったときと同じ決意を口にした。

するとと泣かないように堪《こら》えているのか、くすんと鼻をすする音が聞こえる。

「ママ、だいすきよ」

「ママも大好きよ」

ふたりはレベッカがお茶を運んでくるまで、ずっと抱き締め合っていた。

もう驚くことはないだろうと思っていたエレノーラだったが、さらに狼狽《ろうばい》する出来事が待っていた。明日にはウィルキンズ伯爵家が迎えにくるということで、私物の整理をしていた昼下がりのことだ。

たいしてものは持っていなかったので荷造りに時間はかからなかったが、机の一番上の引き出しにあるべきものがないことで、エレノーラはあの不思議な仮面舞踏会を思い出していた。

仮面舞踏会自体はモーリスと結婚することになったきっかけなのだが、それとは別に控え室である紳士と出会い、彼に大切な母の形見の仮面を譲ってしまったのだ。孔雀を象った高価で立派な仮面だったから、なくしたとダライアスに嘘《うそ》をついたときにはこってり叱られた。素直にそのときのことを話せばよかったのに、なぜとっさに嘘をついてしまったのかはいまでもわからない。ただ彼とのやりとりを秘密にしたかったということもある。

(仮面をつけていたから顔はわからなかったけれど、とても不思議な紳士だったわ)

覚えているのはそれだけだ。モーリス主催の舞踏会に来ていたということは、モーリスの知り合いなのかもしれなかったが、離婚したので、ついぞ聞くことはできなかった。

(忘れましょう……私には関係のないことだわ)

引き出しを閉めたちょうどそのとき、自室の扉をノックする音が聞こえる。

「はい、どなたですか?」

レベッカかと思ったが、扉はエレノーラの問いかけを無視して勝手に開かれた。ダライアスだった。

「お父さま、何か——って、そちらのお方は……」

動揺するエレノーラの目に映ったのは、ブルネットの髪を高い位置で結った女性だ。豪奢《ごうしゃ》なモスリンのドレスに身を包み、扇で口元を隠している。菫色《すみれいろ》の目元が鋭く、きつい印象を与えた。化粧が濃くてわかりにくいが、年齢はどう見ても自分とさほど変わらないように思う。

「紹介しよう。彼女は私の再婚相手、ロレッタ嬢だ」

「さ、再婚……？　こんなお若い方と？」

突然のボディブローに目を白黒させるエレノーラに構わず、ダライアスは上機嫌に続ける。

「ウィルキンズ伯爵の妹だそうでね。いやあ、彼には世話になりっぱなしだよ」

はははっと笑うダライアスはまんざらでもなさそうだ。

しかしエレノーラはあまりのショックで気絶しそうだった。

いっこうに挨拶しようとしないロレッタのほうは敵意もむき出しで、すでに女主人になったかのごとき形相だ。

(どうしよう。どうするのが、ベストな対応なのかしら……？)

エレノーラが束の間《つかま》考え込んでいると、廊下の向こうからぱたぱたと走ってくる音が響く。

この足音は間違いようもない、アンジェラだ。

「ママー！　……って、ご、ごめんなさい、おじいさま。おきゃくさんがいるとはおもわなくて……」

アンジェラはばつが悪そうに下を向く。

その姿を見て、不快そうに顔を歪《ゆが》めたのはロレッタだ。

「彼女、子供がいるの……？」

責めるようなロレッタの疑問に、ぎくりと身を縮こませるダライアス。

「いないということはないな！　ははは！　たいした問題ではなかろう？　ウィルキンズ伯

爵ほどの器の大きなお方なら――」

「こんなこと、お兄さまは知らないわ！　あなた、嘘をついてお兄さまに取り入ろうとしたのね!?」

エレノーラは「え、え!?」と戸惑う。

アンジェラは完全に萎縮してしまい、エレノーラにしがみついて離れない。

「ロ、ロレッタ嬢、落ち着いてくれ！　頼む、このことはウィルキンズ伯爵には――」

「隠し通せるわけないじゃない！」

「わ、わかった！　アンジェラはうちで育てよう！　それでいいかね？」

「いいわけないわ！　見ず知らずの女の子供なんてあたしがいやよ！」

わたしだってぜったいいやよ！　と、アンジェラが小さく呟《つぶや》いたのをエレノーラだけが聞き取っていた。

ダライアスは「見ず知らずではないじゃないか……！」としどろもどろだ。

「でもまあいいわ」

ロレッタは扇を広げて一転、余裕綽《しやく》々《しやく》、猫のように目を細めてエレノーラを見下す。

「せいぜい子連れで嫁入りして早々に離縁されることね。この家に泣いて帰ってくることになるのよ。でもその頃にはあなたの場所なんてどこにもないと、いまから肝に銘じておくことね。おほほほ！」

それだけ言うと、ロレッタはドレスの裾を翻して去っていった。

慌ててダライアスがあとを追う。

「お嬢さま！」

廊下でずっと間に入るすきを窺っていたレベッカが、急いで部屋の中に入ってきた。

「まさかこんなことになるなんて……！　いったいどうしたら……！」

愕然とするレベッカに、しかしエレノーラは諦めたように頷く。

「お父さま、アンジェラのこと、嘘をついていたのね。どうりでおかしいと思ったの。話がうますぎるから」

「では、断りましょう！　これ以上お嬢さまが傷つくのは見たくありません！」

「だめよ」

エレノーラは静かに首を横に振った。

「そしたらお父さまのメンツを潰すことになるし、金の利権やらロレッタさんとの結婚やら、いろんなことに障害が出てしまうわ」

「だからといって……！　ウィルキンズ伯爵さまがアンジェラさまのことを知らないのは、それ以前の問題ではないでしょうか!?」

「………」

悲しげに笑うエレノーラは、未《いま》だ恐怖のせいか自分から離れないアンジェラを抱き寄せる。

「ウィルキンズ伯爵さまの許へは明日、予定通り行きます。アンジェラももちろん連れて。それでダメなら、慰めてね？　レベッカ」

「お、お嬢さまってば～！」

レベッカもまたがばっとエレノーラに抱きつき、女三人、予想外の事態に戸惑いを隠せないでいるのだった。

アリンガム男爵邸に四頭立ての四輪大型馬車が到着したのは、翌日の昼のことだった。ウィルキンズ領は金の産出量が国一番というだけあって、金がふんだんに使われたとても豪華な造りをしている。複雑な文様を描いた装飾の中に、ウィルキンズ家を表す紋章が掲げられており、間違いなくウィルキンズ伯爵の迎えであることが窺えた。

玄関前に出ていたエレノーラはレベッカと顔を合わせ、その贅《ぜい》を凝らされた馬車に驚く。辻馬車《つじばしゃ》には乗ったことがあるふたりも、王宮にも引けを取らないようなよく手入れされた白馬たちの姿に圧倒された。

エレノーラと手を繋《つな》いでウィルキンズ家の訪れをおとなしく見守っていたアンジェラだったが、初めて見る高貴な馬車に好奇心をくすぐられたようで、突然そちらに向かって走り出してしまう。

「あっ……アンジェラ！」

慌てて止めようとあとを追ったエレノーラの目の前で、馬車のドアが開き、座席から誰かが降りてきた。

突然現れた者の足にアンジェラがぶつかる。

「ふぎゅ！」

「アンジェラ!!」

ようやくアンジェラのドレスの裾を掴んで引き寄せ「すみません……！」と顔を上げると、そこには三十代ぐらいだろうか、背の高い色黒の男性が姿勢よく立っていた。

群青色のジャケットに身を包んだ彼は緑がかったようにも見える髪を風になびかせ、モノクルをかけた鳶色《とびいろ》の瞳でこちらを見下ろす。そして不可解そうに眉根を寄せた。

「子供……？」

「あ——」

エレノーラはなんと言い訳をするべきか考えあぐね、言葉が続かない。

（いったいどうしましょう？　その前にこの方がウィルキンズ伯爵さまなのかしら？）

玄関前には馬車の音を聞きつけたダライアスとロレッタもやってきていた。状況を察した彼らが、エレノーラの代わりに口を開く。

「よくいらっしゃいました！　ウィルキンズ伯爵のご側近、アレックス殿ですな？」

「いかにも。本日は主人の言いつけでエレノーラ嬢をお迎えに上がったのですが——」

「見たまんまよ、アレックス。この娘、子供がいるんですって」

ロレッタがこのあとの展開を想像して愉快そうに言うものだから、エレノーラは急いで頭を下げて許しを乞うた。

「も、申し上げるのが遅れてしまい、本当に申し訳ございません……！　厚かましい申し出かと存じますが、何卒《なにとぞ》アンジェラも一緒に連れていってはいただけないでしょうか？」

「……話に聞いていたのは、エレノーラ嬢とおつきの侍女がひとり、ということだったのですが」

目を泳がせているところから、明らかにアレックスは困惑している。

ロレッタがたたみかけた。

「ついでにあたしもウィルキンズ領に返してくれない？　領主の妻になれるというから来たのに、ウィルキンズの力がなければとんだ貧乏貴族じゃない。こんなこと聞いてないわ」

「ロ、ロレッタ、それはないだろう……！　お前がほしがるものなら、なんでも買ってやるから！」

ダライアスは額から汗を流し、後妻の機嫌を取ろうと必死だ。

必死なのはエレノーラも同じだった。ここで断られてしまったら、自分たちには行き場所がない。実家はこの通り、すっかりロレッタに支配されてしまっている。

「アレックスさん、どうか、どうか……！」

アレックスはしばらく迷っているようだったが、やがてひとつため息をついた。

「わかりました。主の許にはお連れしましょう。しかし、そのあとのことは責任を負いかねますこと、ご承知おきください」

「ありがとうございます！　それで構いません。本当に感謝申し上げます」

ほら、アンジェラも——と、エレノーラは娘の背中をそっと押す。

やや緊張気味なのか、アンジェラはこくりと喉を鳴らしてからアレックスを見上げた。

「あ、ありがとうございます。ママをしあわせにしてください」

「ママ、か」

「あの、何か……？」

含みを持たせたようなアレックスの言葉に、エレノーラが反応する。

アレックスはエレノーラに目を向けた。

「この子——アンジェラと仰いましたが、この女児はあなたの子なのですね？」

「もちろんです！」

間髪入れずに答えたら、アレックスは再びため息をついた。そしてぶつぶつと呟く。

「あ、あの……!?」

「いえ、失礼。独り言です。主には少々、刺激が強いかもしれませんので」

「は、はあ……本当に、本当に申し訳ございません」

心底申し訳なくて、エレノーラは伏せた顔をなかなか上げられなかった。

(もしウィルキンズ伯爵さまがアンジェラを受け入れてくださらなかったら、なんとかふたりで生きる道を考えてみましょう)

この調子では実家には戻ってこられないだろう。貴族令嬢とはいえ名ばかりだったから、料理や針仕事ならスキルがある。どこかの屋敷で雇ってもらうこともできるはずだ。

「お顔をお上げください」

エレノーラがすっかり考え込んでいたら、アレックスからそう声がかかった。

はっとして顔を上げると、ウィルキンズ家の従者は安心させるように微笑む。

「ご不安にさせてこちらこそ申し訳ございません。ずいぶん少ないようですが、お荷物はそちらだけですか？」

レベッカが持つ鞄《かばん》に目を留め、アレックスは彼女から荷物を受け取る。

エレノーラは頷いた。

「ありがとうございます。三人でこれだけです」

御者が手伝いに降りてきて、あっという間に荷物の積み込みが済む。

御者が元の位置に戻り、アレックスは馬車の扉を開いた。

「ではそろそろ参りましょう。お足元にお気をつけてお乗りください」

いよいよ出発だと、エレノーラは改めてアリンガム男爵邸を振り返る。ウィルキンズ家の支援のおかげで活気を取り戻した屋敷は、なんだかもう自分の知っている実家ではなかった。

（ここは帰る場所ではない。これからは私がアンジェラを守っていかなきゃ……！）

ダライアスとロレッタは一応見送る体裁を取っているものの、前者は後妻のご機嫌取り、後者は苦々しげに文句を言うことに忙しく、エレノーラたちのことなど二の次のようだ。

「…………」

そんな両親に心の中で別れを告げ、エレノーラはアンジェラを先に馬車に乗せる。アレックスの手伝いを受け、エレノーラとレベッカは続いて馬車に乗り込んだ。

オールディントン王国の王都近郊、ウィルキンズ領は山と海という資源豊富な自然に囲まれている。気候も温暖で雨量も安定しており、山地農業や水産業も盛んだったが、特に鉱山で有名だ。最盛期には一年間で約六百キロもの金が採れるという。

小高い山々と坂道の多い街並みに、繁栄を窺わせる優美な建物が連なり、馬車の窓越しに見てもウィルキンズ領がアリンガム領よりもずっと豊かなことがわかる。ほかの貴族と同様、ウィルキンズ伯爵家もこの国の政治を担い、軍事を司《つかさど》ってきた。その貢献がこの豊かな領地に反映されているのだ。

アンジェラは窓にぴったりと張りつき、何も見逃すことのないようにか、終始外を見つめていた。アンジェラの頭越しに、エレノーラとレベッカもウィルキンズ領を目にしている。

「もう少しで到着です」

向かいに腰かけるアレックスが言った。

「長旅でさぞやお疲れでしょう。すぐにお休みできますよう手配いたします」

「いえ、そんな！」

エレノーラは必死に首と手を一緒に振る。

「まずは伯爵さまにご挨拶させてください。アンジェラのことがありますから」

「……差し出がましいかもしれませんが、一呼吸置いたほうがいいかと思いまして」

「あ――」

申し訳なさそうなアレックスに、エレノーラは思い至った。

(そうよね。子供がいることをいきなり話したら、きっと伯爵さまを驚かせてしまうわ)

最悪怒らせてしまうかもしれないと、エレノーラはしゅんとうつむく。

「あとはお召し替えをお勧めします。エレノーラ嬢のためにと、主があらゆるドレスや装飾品をご用意しております」

アレックスの提案に、「え!」とエレノーラが顔を上げた。

「そ、そんな! お世話になれるかもわからないのに、とてもいただけません!」

しかしアレックスは眉を下げ、緩く首を横に振る。

「主がお聞きになったら、エレノーラ嬢のご発言に感激して卒倒されるでしょうね」

「え……」

「いえ、こちらの話です」

「は、はあ」

そうこうしているうちに、馬車ががたんと音を立てて停まった。

アレックスが窓の外を確認する。

「屋敷に着きました。皆さま、お疲れさまでした」

アレックスは扉を開き、先に馬車を降りていった。

「ママ、すごいおおきなおやしき」

ずっと外を窺っていたアンジェラが興奮気味に言う。「はやく、はやく」とエレノーラを急《せ》かすものだから、エレノーラとレベッカは半ば転がるようにして馬車を降りた。

「うわー！」

アンジェラがさっそく感嘆の声を上げる。

エレノーラとレベッカもまたウィルキンズ伯爵邸を前にして、大きく目を見開いた。

さまざまな花が咲き乱れる幾何学模様の庭園の先に、宮殿を思わせるようなシンメトリカルな建物がある。

何代にもわたり増改築を繰り返してきた結果、現在ではあらゆる建築様式を一堂に見られるのだと、アレックスが教えてくれた。玄関に向かって歩きながら各翼について説明され、広く大きな屋敷内には礼拝堂や図書館もあるらしい。本が好きで信心深いエレノーラは、アンジェラのことはいったん頭の隅に置いておき、それだけでわくわくしてしまう。

(こんな素敵なお屋敷で暮らせたら、きっと幸せなんでしょうね)

アンジェラの教育にも申し分ない。

(アンジェラを受け入れてくださったら――の話になるけれど……)

浮かない顔で歩いていたからか、アレックスが心配してきた。

「エレノーラ嬢？　お加減がすぐれませんか？」

「い、いえ！　違います。大丈夫です。すみません……ありがとうございます」

レベッカもまたエレノーラの心中を汲み取《く》り、心配そうにこちらを窺っている。

「ママ？」

心配しているのはアンジェラも同じだった。

(皆を不安にさせちゃダメだわ。私がしっかりしないと、ふたりを守れない)

「大丈夫よ、アンジェラ。さあ、伯爵さまにご挨拶に行きましょう？」

「うん！」

エレノーラが笑顔を見せると、アンジェラは大きく頷いて手を握ってくる。

そんないとしい愛娘に引っ張られ、エレノーラはウィルキンズ邸に足を踏み入れた。


「主はいま執務中ということですので、予定通り先にお部屋にご案内いたします。そちらでお召し替えと、軽食をご用意いたしましたのでしばらくお休みください」

そう案内されて、エレノーラはレベッカとアンジェラを伴い、与えられた部屋の中にいた。

「ここがお嬢さまのお住まいなのでしょうか？　伯爵さまとは別々なんですかね」

レベッカが部屋中を歩き回り、備えつけの調度品や装飾具をひとつひとつ確認していく。

アンジェラが天蓋つきのベッドの上でぴょんぴょん跳ねている中、エレノーラはソファに腰を落ち着けていた。

「そのほうが気楽だわ。モーリスさまのところでもそうだったし、女三人でのんびり暮らせたら幸せよね」

「お嬢さま……」

レースのカーテンを引いて窓を開放していたレベッカはエレノーラを慮《おもんぱか》り、眉を下げる。

「きっと大丈夫ですよ。アンジェラさまのことも受け入れてくださいますから」

それが希望的観測に過ぎないことは、エレノーラもレベッカもよくわかっていた。

思わず沈みかけた空気を、アンジェラが吹き飛ばす。

「ママ！　レベッカ！　すごいの、みて！」

興奮気味のアンジェラにふたりが目を向けると、彼女はクローゼットのドアを開け、色とりどりのドレスを見せてきた。

「はくしゃくさまはおかねもちね！　ママのこと、だいすきなのね！」

「アンジェラ……」

無邪気な娘を連れて路頭に迷うわけにはいかない。そのためにはアンジェラが言う「だいすき」に、本当になってもらわなくては困る。

レベッカも気持ちは同じのようだ。腕まくりをして、クローゼットに向かっていく。

「お嬢さま、わたくしが国一番の美女に仕上げてみせます！」

広い部屋には鏡台も、化粧道具も、髪飾りもたくさんあった。幼い頃からエレノーラの身の回りの世話をしてきたレベッカだったから、これだけそろっているならば腕の見せ所だ。

「ありがとう、レベッカ。私もがんばるわ」

何をがんばる必要があるのかと、アンジェラだけはきょとんとしていた。


レベッカの手により美しく着飾ったエレノーラは、ひとり林に近い湖のほとりにやってきていた。驚くことにこの湖畔もウィルキンズ伯爵邸の中にあるということで、敷地の広大さが窺える。ウィルキンズ伯爵とふたりで静かに会えるよう、アレックスの勧めに従った形だ。主の仕事が終わり次第連れてくると言っていたから、セッティングしてくれるらしい。

(アンジェラ、大丈夫かしら)

屋敷の中に置いてきた娘が気になり、ちらりちらりとウィルキンズ伯爵邸を見てしまう。

(いけない、いけない。これから伯爵さまにお会いするのだから、気に入られるためにきちんとしたご挨拶を考えないと……)

エレノーラはそう思い直し、ふるふると首を横に振ると、改めて湖に目を向けた。澄んだ水に映る自分の姿があまりにきれいで、自分ではないみたいだ。

ヒマワリのような明るく淡い黄色のドレスには白いレースとリボンがたっぷりとあしらわれており、七分袖の先端は複雑な模様が描かれたフリルがついている。髪の毛は高い位置で結い、蝶《ちょう》を象った金細工の髪留めを使い、一筋を両の耳元に残した。化粧は薄めだったが、目元ははっきりと、頬はバラ色に染まり、唇には抑え目の紅をはいている。

「ほんとにきれい――」

「確かにお美しい」

急に言葉を被《かぶ》せられ、ぎょっとしてエレノーラは振り返った。

真うしろにはいつの間にやってきたのか、高価そうな装飾のベストと大きな金ボタンのついたカフスのコートを着た壮年の男性が立っている。

「あ、あなたさまは……っ」

エレノーラは目を見開き、男性の顔をまじまじと見つめていた。

アレックスほどではないがこちらも背が高く、がっしりとした体躯の持ち主だ。太陽を受けて光る白銀の髪に紫色の瞳がよく似合う。鋭い眼光ながら、温和な声音で彼は続けた。

「そう、俺がジェイク・ウィルキンズだ。また会えたな、エレノーラ」

(やっぱりこのお方が、ウィルキンズ伯爵さま……!?)

エレノーラは急いで平身低頭、ドレスの裾をつまんで淑女としての礼を取る。しかしすぐに、彼が発した言葉の意味を考え直した。

「ご無礼をお許しください、閣下。あ、あの、でもまたって……?」

まったくの初対面だと思うのだが、ジェイク・ウィルキンズは「また」だと言う。失礼に当たらないよう慎重になりながら、エレノーラは彼の返答を待った。

するとジェイクは「ふふふっ」と謎めいた笑いを浮かべ、懐から何かを取り出す。

それを見て、エレノーラは反射的に「あ!」と声を上げていた。

ジェイクが差し出したのは、孔雀を模した仮面だったからだ。それは間違いようもない、母の形見だ。

(どうしてあれを伯爵さまがお持ちに――)

一瞬混乱しかけたエレノーラだったが、あの仮面舞踏会の日が頭をよぎった。見ず知らずの紳士に乞われるがまま、大事な仮面をあげてしまったことを思い出す。

「ま、まさか……あのときの紳士が――ウィルキンズ伯爵さまだったのですか……?」

「その通り」

いたずらっぽく片目をつぶり、ジェイクは頷いた。

それでも疑問が尽きないエレノーラは、いつの間にか彼を質問攻めにしていた。

「で、でも、なんで? だって、私、名乗っていなかったのに……? どうやって私だとわかったのですか? あれ以来、一度もお会いしていないと思うのですが――?」

「ははは、質問が多いな。気になるかい? エレノーラは俺が思っていた以上にかわいらしい娘さんだ」

「か、からかわないでください!」

かあっと頬を朱に染め、エレノーラは恥ずかしさから顔を伏せる。

ごめん、ごめんと謝ってから、ジェイクは話を続けた。

「茶会さ」

「お茶会? ウィルキンズ伯爵さまが主催される?」

「そう。俺は目立つらしいから、極力社交の場には出ないようにしていたのだが、君が四年も見つからなかったから、最後の手段としてオールディントン全土へ向けて茶会を計画することにしたのさ。年頃の娘は出席するようにと、ね」

たとえオールディントン全土から年頃の娘を集めても、この広い屋敷なら容易に受け入れられそうだ。けれどエレノーラは行く気はなかったのだ。ダライアスやレベッカに出席を促されても、アンジェラがいるからと快い返事はしていない。

「ですが、お茶会より早く、伯爵さまが私をお選びになったとご連絡が――」

「うん、そう。茶会の件で、社交場が大好きな友人のモーリスと話す機会があってね。彼の話から、どうやら君が彼と結婚していたという事実を知ったわけだ。愕然としたものだったが、調べたら離婚して実家に戻っていると知り、すぐに使いを出したんだ。もう誰にも先を越されたくなかったんでね」

モーリスより確実に幸せにしてやれる自信もあると、ジェイクが茶目っ気を交えて言う。

「だから驚かせてすまなかった。でもやっと見つけた。君は俺の理想の女性だ」

「……っ!?」

慣れない口説き文句に、エレノーラの心臓がドキドキと鼓動を速めた。

「そ、そんな……だって、私のこと、何も知らないはずですし、それに私は……っ」

子供がいる。それを口にする前に、ジェイクが距離を詰めてきた。

びくりと驚きに身体を揺らすエレノーラの前に跪《ひざまず》き、ジェイクが彼女の左手を取る。

「エレノーラ。永遠に俺の妻になってくれ」

ジェイクは大きなダイヤモンドがついた金色のリングを、エレノーラの薬指にはめた。

「か、閣下っ……」

「ジェイクと呼んでほしい」

動揺するエレノーラを真摯な目で見つめるジェイク。

「そして、ゆっくりでいいから俺を愛してほしい」

「――っ」

返答に困るエレノーラだったが、どこにこんなロマンチックな台詞《せりふ》を吐く男性がいるだろう。それも片膝をつき、永遠の愛を誓ってくれたのだ。恋愛慣れしていないエレノーラでさえ、頬が紅潮し、緊張と興奮のあまり呼吸を激しく乱していた。

(なんて素敵な殿方なのだろう。お父さまの言う運命なんて信じていなかったけれど、あの夜が本当に運命のときだったのかしら……?)

てっきりモーリスとの出会いの場だと思っていたが、もしかしたらジェイクとの未来を導くフラグだったのかもしれない。

「は、はい」

だからいつの間にか、肯定の言葉が口を衝いて出ていた。

ジェイクは声を詰まらせ、わずかながらも感激の涙を浮かべる。

「ほ、本当だな？　一緒にいてくれるのか？　もう二度と離さないぞ？」

「ええ。私なんかでよろしければ、閣――ジェイクさまのお傍《そば》にいさせてください」

なんだかエレノーラまでもがうれしくて心が弾み、感激の涙が込み上げてきた。

ぐすっと鼻をすすると、おかしそうにジェイクが笑って立ち上がる。

「きれいな顔が台なしだ。さあ、涙を拭いて」

差し出されたハンカチをありがたく受け取り、目元を拭った。ハンカチからはふわりと花の匂いが香る。

「こんなにうまくいくとは思っていなかったよ。君が俺を受け入れてくれるなんて――俺の勝手な一目惚れだったのに！」

まだ興奮しているのか、ジェイクの声は弾んでいた。

「これからはふたり、力を合わせて生きていこう。なあ、エレノーラ？」

しかしそう言われたところで、エレノーラは一番大事なことを思い出す。

(そうだ、ふたり、じゃない。アンジェラがいること、きちんとお伝えしないと……！)

「そのことで、閣下。いえ、ジェイクさまにお話ししたいことがございます」

神妙に改まったエレノーラに、ジェイクが「うん？」と耳を傾けた。

「私、私……実は――」

なかなか言葉にならず、エレノーラは自分を懸命に鼓舞する。

(がんばるのよ、エレノーラ。たとえジェイクさまがいっきに醒《さ》めてしまわれても、くじけてはいけないわ)

「どうした？　エレノーラ。俺にはなんでも遠慮せずに言ってほしい」

「ジェイクさま……」

こんな素敵な方に恋してもらうことなど、人生でもうないだろう。告白してもしジェイクに受け入れられなかったとしても、束の間の夢だったと思えばいい。と、エレノーラが覚悟したところで、

「ママー！」

大声でアンジェラに呼ばれた。

声の方向にさっと目を向ければ、アンジェラがこちらに向かって走ってくるところだった。

ここにはアレックスの計らいでジェイクとふたりきりだと思っていたエレノーラは驚き、激しく狼狽する。

「ア、ア、アンジェラ!?　ど、どうしてっ……」

「アンジェラさまー！」

レベッカがアンジェラのあとを必死で追っていることから、どうやらアンジェラは独断で屋敷のあの部屋を出てきてしまったようだ。エレノーラがいないことに耐えられなくなったのだろう。片親で育ててきたこともあり、短い時間でも母親がいないと、アンジェラは不安に思ってしまうのだ。

「ママ、ママぁ」

アンジェラはエレノーラの許に辿《たど》り着くと、彼女に抱きつき、もう一生離れないと言わん

ばかりにぎゅっとドレスの裾を握ってきた。

「アンジェラ……ごめんね、寂しかったね」

震える小さな頭を撫《な》で、エレノーラはなんとか落ち着かせようとする。

レベッカが追いつき、「申し訳ございません！」とひたすら謝っている。

そんな彼女たちの姿に驚いたのはもちろんジェイクだ。

「こ、子供がいるのか――？」

エレノーラははっとして顔を上げ、ジェイクにいよいよ真実を告げた。

「見ての通りです、閣下。どんな処遇でもお受けいたします。ですからどうか、アンジェラと私を引き離したりすることだけはお許しください」

頭を下げたエレノーラにレベッカも倣い、ふたりしてジェイクに頼み込む。

アンジェラは涙に濡《ぬ》れた顔でジェイクを見上げた。

「パパ……じゃないの？」

三人の女性に訴えかけられ、ジェイクはすっかり言葉をなくしたようだ。

そこに異変を察してやってきたアレックスが加わる。

「申し訳ございません、ジェイクさま。衝撃が少しでもやわらぐように、最初はエレノーラ嬢とおふたりにするつもりだったのですが――」

「アレックス」

「は！」

「お前は知っていたのか？」

アレックスは少しだけ考えたようだが、素直に続けた。

「……アリンガム男爵邸にエレノーラ嬢をお迎えに行ったさいに」

「そうか」

ジェイクは短く告げると、自身のこめかみを揉《も》んだ。

「すまん。ちょっといろいろまだ自分の中で処理できないようだ」

「閣下！　ジェイクさま、あ、あの……っ」

エレノーラが弁解しようと口を開きかけるも、ジェイクが右手を挙げてそれを遮る。

「あとで執務室に来てほしい。そのときに今一度、話し合おう」

「——っ！」

話し合うということはアンジェラを受け入れられないという意味だろうか、急な展開に混乱気味のエレノーラには判断がつきかねた。ジェイクが目を合わせてくれないので仕方なくアレックスを仰ぐと、静かに頷かれる。

（覚悟したことじゃない。それが早くなっただけだわ……ジェイクさまに従うしかない）

エレノーラは不安げなアンジェラを抱き寄せ、アレックスとともに屋敷へ戻っていくジェイクのうしろ姿を見送っていた。

二章　婚期を逃した男色家伯爵との再婚

「ジェイクさま」

執務室の椅子に座って頭を抱えたまま動かないジェイクに、アレックスが声をかける。

「紅茶を淹《い》れてまいりました。まずは落ち着きましょう」

「落ち着いている」

「…………」

どこが？　と言いたそうに机の前に立つ顔の従者を、ジェイクは睨《にら》みつけた。

「わかっている！　落ち着くことなどできるわけがない！　せっかく運命の女性を見つけたと思ったら、彼女にはすでに愛の結晶がいたんだぞ!?　しかも相手は女狂いのモーリスだ！」

声を荒らげるジェイクに、アレックスはモノクルをかけ直して進言する。

「何か理由があるのかもしれません。それにサンドフォード子爵の子とは限らないのでは？　エレノーラ嬢の実子でもない可能性もございます」

アレックスが言うところ、アンジェラの金髪碧眼はエレノーラと同じだが、そこに彼女の面影は感じられないらしい。モーリスには似ているように見えるが——と、言葉を濁す。

ジェイクは立ち上がると、窓辺を行ったり来たりして考え込んだ。

「ふむ。エレノーラの子供ではない可能性、か」

どうやらそこに希望を見出《みいだ》したようで、ようやくジェイクが冷静さを取り戻す。

「エレノーラに事実を聞く必要があるな」

「……最初からそのおつもりだったでしょうに」

「う、うるさい！」

はあとアレックスにため息をつかれ、ウィルキンズ伯爵は面目を失う。

羞恥に顔を染めた主に、アレックスが続けた。

「しかしエレノーラ嬢が真実をお話しになるとは限りませんよ」

「どういう意味だ？」

ジェイクが怪訝《けげん》に眉を寄せると、アレックスはほかに誰もいないのに声を潜める。

「アリンガム男爵はこちらにこのことを黙したまま、エレノーラ嬢の結婚をお取り決めになりました。何か複雑な事情があると見て、まず間違いないでしょう」

本来ならアリンガム男爵家に苦情を入れるべき案件だと、アレックスは言った。

「経済面で多額の支援をするのみならず、わざわざ我が領地の金の利権の一部までお渡しになったのに、相手側がよこしたのはバツイチこぶつきのご令嬢だったのですから」

「おい、言い方――」

ジェイクの眉間のしわが深くなるも、アレックスは「事実です」とばっさりと切り捨てる。

「わたくしはジェイクさまのご判断を信じますが、主を幸せにできない相手は断じて認められません」

「アレックス……」

互いに見つめ合っていると、「あ、あの……」とか細い声が聞こえてきた。

我に返って声の方向を見ると、半開きのドアの前にエレノーラが立っている。どこから自分たちの会話を耳にしていたのか定かではないが、彼女の顔は蒼白《そうはく》で、身体は小刻みに震えていた。

こほん！　と、ジェイクは咳払《せきばら》いしてアレックスに下がるように告げる。

アレックスはジェイクとエレノーラにそれぞれ礼を取ると、何事もなかったかのように執務室を出ていった。

＊＊＊

「す、すみません……来るように言われていたので……ノックはしたのですが――」

エレノーラはほとんど泣きそうになりながら言葉を紡いでいた。頭の中はつい先ほど目にしてしまったふたりの様子でいっぱいだ。

（ジェイクさまとアレックスさんはどういう関係なの？　もしかしてお父さまが仰っていた通り、本当は男色家だとか……？）

そんなことを考えているとはつゆほども知らないだろうジェイクは手招きして、エレノーラを応接セットに導いた。

おとなしくソファに収まったエレノーラの隣にジェイクは腰かける。

「どうした？　少し顔色が悪いが」

「い、いえ、そんなことは！　ただ緊張してしまって……」

（婚期を逃してきた理由はアレックスさんと付き合っているから？　でも、それならいまさら私と結婚する必要はない気がするけど……ウィルキンズ伯爵家の事情なのかしら）

エレノーラの複雑な言動を、子供のことを明確にするのだから当然だろうと受け止めたらしいジェイクは、「すまなかった」と申し訳なさそうに頭を下げた。

エレノーラが恐縮して首を横に振る前に、ジェイクが続ける。

「君の事情も考えずに俺は一方的過ぎた。反省している」

「当然です。黙っていた私に非がありますから、どうかお顔を上げてください」

「では、許してくれるのか？」

素直に顔を上げたジェイクの瞳には期待の色が浮かんでいる。

恐れ多いとばかりにエレノーラは慌てて手と首を振った。

「許すも何もジェイクさまは何も悪くありません。私がすべていけないんです。父が黙っていたことも、本当にご迷惑をおかけしました。その上でジェイクさまに申し上げたいことがございます」

一転、真剣な眼差しを向けてきたエレノーラを前に、ジェイクがごくりと喉を鳴らす。

「うん、言ってくれ」

エレノーラは大きく深呼吸をしてから、「では――」と話し始めた。

「失礼を承知で申し上げます。あの子、アンジェラと一緒でなければ、私はジェイクさまと結婚できません。ジェイクさまにとっては青天の霹靂《へきれき》かもしれませんが、私にとっては命にも等しい存在なのです」

どれだけ自身がアンジェラをいとおしく思っているか告げると、ジェイクは顎に手を当てて難しい顔をする。

「……命にも等しい、か。つまりあの娘、アンジェラと言ったか、彼女は間違いなく君の子供なんだな？」

「もちろんです。赤ちゃんの頃から私が育てました」

「本当に本当に、君の子供なんだな？」

まっすぐに射貫かれるようなジェイクの目力を前に、エレノーラは緊張から鼓動を速めた。

（ここで改めて「はい」と言ったら、ジェイクさまは私たちを追い出すだろうか……）

アンジェラやレベッカを含め、さまざまなことが脳裏をよぎった。

エレノーラが答えずにいると、ジェイクが言葉を継ぐ。

「父親はモーリスだな？」

「え、ええ……でも、なぜそれを？」

驚きに目をみはると、ジェイクは大仰に「はあっ」とため息をついた。髪の毛をかき混ぜつつ、ぶつぶつと何事か呟いている。

(そっか、最初の結婚相手がモーリスさまだとご存知《ぞんじ》だったんだわ。それならモーリスさまの子供だと思うのは当然よね)

「あ、あのジェイクさま」

婚約解消するなら遠慮なく言ってほしいと告げると、ジェイクはエレノーラと目を合わせた。

「するわけがないだろう？　君は俺の運命の相手だ」

「で、でも――」

(私のことを運命の相手と言うのなら、アレックスさんとの関係はただの主従関係なの？)

「正直、アンジェラが懐いてくれるかは難しいところだと思う。だが、エレノーラだけでなくアンジェラも同じように愛せるよう、俺は努力するつもりだ」

「…………」

(努力……男色家だから、努力が必要ってこと？　ああ、もうジェイクさまがわからないわ)

エレノーラが複雑な顔をしていたからか、ジェイクが不思議そうに聞いてくる。

「俺が信じられない？」

眉を下げて苦笑するジェイクを見て、エレノーラはきゅんと胸が高鳴った。そしてふるふると首を横に振ることで返事とする。

ジェイクは口角を上げて微笑んだ。

「そうか、ならおいで？」

「お、おいでって……」

もう隣同士で座っているではないかと思うも、ジェイクとの間には少し距離がある。

(この距離を詰めろってことかしら？)

素直なエレノーラがお尻を浮かせ、他意なく距離を詰めた。

しかしぴたりと腕と腕が密着したら急に恥ずかしくなり、元の位置に戻ろうとする。

それを許さなかったのはジェイクだった。

「ジェ、ジェイクさま……!?」

ジェイクはエレノーラの腰を抱き寄せ、逃げられないようぎゅっと腕に力を入れる。

「君の匂いが懐かしいな」

「に、匂い!?」

少なくない緊張に加え、汗ばむ季節でもある。一刻も早くこの場を辞したいと、エレノーラはもがいた。

「や、は、離してくださいっ」

「無理だ。君が誓うまでは」

「誓う？　何を？」

「俺を愛すること」

はっとして、エレノーラは動きを止める。それからそっと上目遣いにジェイクを見上げた。

「ジェイクさま――」

政略結婚に振り回されてきたから、エレノーラは本当の恋をしたことがない。

(優しくてかっこよくて包容力もあるジェイクさまなら、私も愛せるのかしら？)

答えはわからない。でも「否」という言葉も出てこなかった。

「わかりました。誓います」

だからそう言ったら、ジェイクがエレノーラを抱き締めてくる。

「ジェ、ジェイクさまっ」

動揺したエレノーラは、つい手を突っ張ってジェイクと距離を取ろうとした。けれどそれは逆効果だった。ふたりの間にわずかな距離が空いたことで、間近で見つめ合うことになってしまったからだ。

ジェイクの双眸《そうぼう》に、期待と興奮の灯火《ともしび》が宿る。

その意味を知るには、エレノーラの経験は乏しすぎた。

だから気づけば彼に唇を奪われていた。

「ん!?　んぅっ」

ぎゅっと、半ば乱暴にも押しつけられたジェイクの唇。

急なキスに狼狽し、大きく目をみはるエレノーラ。

しかし早急な口づけは長く続くことはなく、一瞬の間を置いてすぐに離された。

「エレノーラ……すまない。我慢が利かなかったんだ」

何も言わないエレノーラを気遣ってくれるも、呆然《ぼうぜん》としたまま動けない。

「エレノーラ？」

さすがに不審に思ったのか、ジェイクがエレノーラの様子を窺ってきた。

エレノーラははっと我に返ると、ぼぼぼっといっきに頬を朱に染める。

「び、びっく、びっくりしただけです！　どうかお気遣いなく！」

目を白黒させながら早口でまくし立てるエレノーラの瞳が、次第に潤んでいった。間もなくつうっと涙を一筋頬に伝わせたものだから、ぎょっとしたのはジェイクだ。

「生娘のような反応だが、まさか――？」

「い、いえ！　キスなんて、なんでもないです！　ただ慣れていないだけで！　ジェイクさまにご迷惑はおかけしませんので！」

「そ、そうか？　だが……」

ジェイクがまだ話しているというのに、エレノーラはソファから勢いよく立ち上がった。

「すみません！　私、アンジェラを見なくてはいけませんので、これで失礼します！」

「え、あ、おい！　エレノーラ！」

うしろから呼び止められるも、エレノーラはドレスの裾を持ち、小走りに執務室をあとにした。


あてがわれた部屋に着き、エレノーラははあはあと息を切らせていた。

レベッカが何事かとエレノーラを気遣い、まずは椅子に座らせる。アンジェラも気が利き、水の入ったコップを持ってきた。

エレノーラは興奮した状態で、娘の手から受け取った水を飲み干す。

「はあはあ、ご、ごめんなさいっ」

「何かあったのですか？　もしかしてアンジェラさまのことが――」

そこでレベッカははっとして、アンジェラを見た。

アンジェラもまた自分の話題かと、エレノーラとレベッカを交互に見つめる。

エレノーラはそんな彼女の頭を撫で、優しく告げた。

「アンジェラ、お昼寝の時間がとっくに過ぎているわ。隣のベッドで寝ていらっしゃい」

「でも、ママ……」

何か言いかけるアンジェラだったが、「ママの言うこと聞きましょうね」とレベッカに手を引かれ、続き部屋となるベッドルームに連れていかれてしまう。

やがてアンジェラを寝かしつけたレベッカが戻ってきた。

「なんだかんだで長旅でお疲れのようです。すぐにお休みになりました」

「そう……ありがとう、レベッカ」

この頃にはやっとどくどくと音を立てる心臓を落ち着けていたエレノーラだったが、先ほど起こった出来事はいっこうに頭から消えてくれない。アンジェラがいなくなったことで、ようやく親友にも等しい侍女に相談することができた。

「実は、キ、キスされてしまったの……！」

「キス!?　ウィルキンズ伯爵が？　まさか無理やり？」

驚いて目を丸くするレベッカに、エレノーラは慌てて首を否定に振る。

「無理やり、ではなかったわ。で、でも急なことだったから、無理やりに入るのかしら？」

「どっちなんですか！」

場合によってはウィルキンズ伯爵を一生許さないといった剣幕で、レベッカが言った。

「まさかお嬢さまのファーストキスが、そんな簡単に……っ」

嘆くレベッカが夢見ていたのは、自分の主が素敵な教会で式を挙げ、心から愛する殿方と交わす誓いのキスだ。間違っても弾みでしていいものではなかったらしい。

「でも、それはジェイクさまがご存知ではなかったから――」

エレノーラは浮かない顔を上げ、レベッカに問うた。

「すべてお話しするべきだと思う？」

しかしレベッカは「うーん」と返答に窮しているようだ。

「ですが、もしアンジェラさまを今度こそ拒絶されてしまったら……」

「そうよね……」

はあっと、エレノーラとレベッカはふたりそろってため息をついた。


実はエレノーラにはまだジェイクに伝えていない秘密がある。そのすべてをジェイクに打ち明けないまま、ふたりは正式に婚約した。元よりアリンガム男爵ダライアスは娘をジェイクに押しつける気でいたので、主にウィルキンズ家とのみ結婚へ向けての話を進めた。ジェイクが初婚であるにもかかわらず、エレノーラが若くして再婚の身であるため、結婚式は挙げないことに決められた。社交界の花形だったジェイクだが、大々的な結婚発表も控えた。すべてはエレノーラが恥をかかないようにという、ジェイクの配慮である。

おかげで正式に結婚したさいも、ウィルキンズ家の親戚を集めて夕食会が行われただけで、特別なことは何もない、普通の日になった。

「サンドフォード子爵さまのときを思い出します。違った意味でしたが、普通の日だったので」

夕食を終えて部屋に帰る途中、うしろを歩いていたレベッカがそんなことを呟く。ジェイクとのハプニングキス以降、レベッカは何かにつけて理想を口にするようになっていた。

エレノーラは歩調もそのままに、なだめるように言葉を返す。

「いいのよ、レベッカ。うちみたいな貧乏貴族には過ぎた願いなのよ」

「ですが、お嬢さ——ウィルキンズ伯爵夫人！」

レベッカの改まった言い方に、エレノーラはくすくすと笑った。

「いつもの呼び方で構わないわ」

「さすがにご結婚されたのですから、いつまでもお嬢さまというわけにもまいりません。サンドフォード子爵さまのときとは違うのです！」

「じゃあせめて、名前で呼んでちょうだい」

「わかりました。エレノーラさま」

「エレノーラさま？」

エレノーラと手を繋いでいたアンジェラが、ふたりのやりとりに口を挟む。

母親は微笑み、アンジェラに言った。

「ママね、今日結婚したのよ。だから呼ばれ方が変わるの」

「ねーねー？」

「うん？」

「パパ、できるんだよね？　ジェイクさま、パパなんだよね？」

アンジェラの問いかけに、エレノーラは動揺してしまう。

（もう四歳。わかることはわかる年だし、いろんなことが伝わってしまうはず……）

夕食会でアンジェラは元気がなかった。なぜならウィルキンズ家の人間たちは皆、エレノーラだけでなくアンジェラを当然のように疎み、ふたりは終始除《の》け者《もの》とされていたからだ。

そんな様子がモーリスとの会食でも一緒だったとレベッカは言ったけれど、あのときのエレノーラにアンジェラはいなかった。エレノーラさえ耐えれば済んだのだ。

(アンジェラはやっぱりパパがほしいのね。どんなに疎まれても、ジェイクさまの気を引こうと必死だったもの)

愛娘が奮闘する姿に胸を痛め、エレノーラは彼女を守ることで必死だった。おかげで豪華な夕食の味をまったく覚えていない。

三人が廊下で立ち止まり、アンジェラへの対応に困惑していると、前からアレックスが歩いてきた。

「エレノーラ嬢」

「アレックスさん」

「いや、失礼。奥さまと呼ぶべきでしたね」

「やめてください、アレックスさんまで」

エレノーラが苦笑していると、アレックスは主からの伝言だと続ける。

「のちほどジェイクさまのお部屋にお越しください」

「こんな夜に、ですか？」

(私がアンジェラを寝かしつけなければいけないことはわかっているはずなのに……)

夕食会はエレノーラとアンジェラを抜いても進み、いま頃はジェイクを中心としたカクテルアワーになっているはずだ。

けれどもアレックスは逆に不思議そうな顔になり、「そうです」と頷いた。

「わかりました。ではアンジェラと一緒に伺います。寝るときに私がいないとぐずってしまうので……」

「いえ、エレノーラさまおひとりでということです」

エレノーラはレベッカと顔を合わせる。

その目はお互いに、夕食会の結果が芳しくなかったせいでいまさら離縁させられるのではないかという不安に揺れていた。それほどまでにエレノーラとジェイクを祝福する声は、身内でも少なかった——いや、ほとんどなかったのである。

「わかりました。娘を寝かせてから伺うとお伝えください」

毅然《きぜん》とした態度で、エレノーラは言った。

アレックスが頭を下げてその場を去ると、エレノーラはレベッカとともに詰めていた息を吐く。

「レベッカ……大丈夫、よね？　モーリスさまのときのように急に離縁されないわよね？」

「わたくしにもわかりかねます。エレノーラさま、でも言動に失敗は許されません」

「わかっているわ……」

「ママ？」

不安そうな我が子に、エレノーラは安心させるように声をかけた。

「さあ、もう遅いから早く寝ましょうね？　レベッカが本を読んでくれるわ」

「うん！」

アンジェラは喜び、エレノーラとレベッカの手を引っ張る。

(失敗は許されない、か。私はアンジェラのためにも、ジェイクさまに気に入られなくてはいけないんだもの……がんばらないと！　どんなことが待っていようと耐えてみせるわ)

自室に戻りながら、エレノーラはレベッカの言葉をそう反芻《はんすう》していた。


ジェイクの私室に着き、エレノーラは緊張からこくりと息を呑んだ。すぐにドアを叩《たた》くべきか迷い、部屋の前でついうろうろしてしまう。

(こんな遅くに呼ばれるなんて、いったいなんの用だろう？　それにまたアレックスさんがいたら……)

ノックをしようとしたところで、なんと扉が内側から開いた。現れたのはもちろんジェイクだったのだが、あまりに驚いたため、エレノーラはすっとんきょうな声を上げる。

「ひゃあ!?」

「ひゃあ？」

ジェイクは訝《いぶか》しげに片眉を上げる。

エレノーラは慌てて謝罪した。

「ご、ごめんなさい！　いままさにドアをノックしようと思っていたので！」

「ドアの向こうから衣擦《きぬず》れや靴音がしていたのに、すぐにアクションがないから不思議に思ったんだ」

「そ、そうだったんですね。私ったら、なかなか勇気が出なくて……」

「勇気？」

再び怪訝そうにしたジェイクに、エレノーラは素直に頷く。

「はい。真夜中に何事かと緊張していたのです」

「緊張、か」

エレノーラのためにドアを開きながら、ジェイクが呟いた。

促されるがまま、エレノーラは部屋の中に入っていく。

不安げに振り返ると、ジェイクがちょうどドアを閉めて鍵をかけたところだった。

「あの、それが何か――？」

こちらに向き直ったジェイクの顔は、なぜだか少し寂しそうだ。

「俺たちは結婚したんだ。もう夫婦関係だぞ？　何を緊張することがある」

「あ……」

ぽかんと口を開くも、それ以上言葉が出てこない。

「え、と――」

(真実を隠して結婚したからいつ離縁されるか心配だとは、とても言えないわ)

未だ答えに苦心しているエレノーラに、ジェイクは軽いため息をついた。

「構わない。信頼も思い出も、これから積み上げていけばいい」

「ジェイクさま……」

ジェイクが安心させるように微笑んだから、エレノーラの心も落ち着いてくる。

「そうですね、ありがとうございます」

(ジェイクさまに他意はないみたい。本当に前向きに受け入れてくださっているのかしら)

「あの、それで今夜はなんのご用でしょうか？」

エレノーラも努めて笑顔で問うたら、ジェイクが驚いたように目を丸くした。

「まさか今夜の意味を知らないわけではあるまい？」

「え、今夜の意味、ですか？」

今夜は今夜だ。結婚した日の夜というだけで、何か特別なことでもあるのだろうか。

本気でわからずにきょとんとしているエレノーラを前に、ジェイクは再び今度は深いため息をついた。

「それはわざとなのか？」

「はい？」

「無自覚、か」

「え？」

「たちが悪いな」

「え、え？」

ジェイクの呟きは、困ることばかりだ。

何を言われているのかますます不可解なエレノーラに唐突に距離を詰め、ジェイクは彼女を抱き締めた。

「あ――」

ふわりと、ジェイクがつけている香水の匂いがする。それは本人の皮脂や汗と混ざり、独特な香りを醸し出していた。

「ジェ、ジェイク、さま」

急に厚い胸の中に囚《とら》われ、エレノーラの心臓がとくとくと速くなっていく。熱が自然と上がり、顔がほてって朱に染まる。

「あの！」

困惑するエレノーラを抱く腕を少しだけ緩め、ジェイクはエレノーラと顔を合わせた。

交差する視線。自分を見つめる澄んだ瞳に魅入られてしまい、エレノーラは動けない。

そして、それはふいに訪れた。

「んっ――」

突然、唇を重ねられる。

ジェイクのキスはいつも性急だと、エレノーラは思う。けれどそんな冷静な考えはすぐに頭から吹き飛んでしまった。ジェイクがエレノーラの唇を舌で舐《な》め、そのまま口の中に押し入ろうとしてきたからだ。

「あっ、んぅ!?」

ジェイクがどうしたいのかわからず、エレノーラはただされるがままになるしかない。

ジェイクの肉厚な舌先はエレノーラの唇をこじ開け、ぬるりと口腔《こうこう》内に滑り込んできた。それから歯列、歯茎、頬の裏、口蓋と、余すところなく舐めていく。

「はぅ、あ、ああっ」

初めての深いキスに酔わされ、エレノーラはくらくらしてきた。腰からすとんと力が抜け、立っていられなくなったとき、ジェイクのがっしりした片腕がエレノーラを支える。

瞬間、唇が離れた。

互いの口と口の間に、つうっと唾液の線が伸びている。それがあまりに扇情的で、エレノーラは羞恥から顔を真っ赤にした。

ジェイクはエレノーラを抱えてなお、覆い被さるように再び口づけてくる。

「んく、ぅ……苦しっ――」

どう息継ぎしていいのかわからなくて、エレノーラは息も絶え絶えにささやいた。

「ジェ、イク、さ、まぁ」

「鼻で呼吸をするんだ」

そう言うと、ジェイクは喉の奥に隠されていたエレノーラの舌を見つけ、自身のそれと絡めてくる。くちゅ、ちゅっと淫らな水音が室内に響いた。

「あぅ、んん、あ、はっ」

深いキスは息苦しいのにとても甘美だ。ずくんとエレノーラの胎内が疼《うず》き、もっともっととせがんでいるようだった。

気づけば夢中で口を吸い合い、エレノーラはジェイクの腕に縋《すが》るようにしがみついていた。

「あ、ああ……ジェイク、さま……！」

「エレノーラ」

互いの名を呼び合い、ふたりはさらに求め合う。

アレックスとの関係――男色家疑惑など、すっかり忘れ去っていた。

でもなぜこんなにも簡単に不埒《ふらち》な行為を許せるのか、エレノーラにはわからない。ただジェイクならば、一度経験していたからか、唇を奪われても構わないと思ってしまう。

ジェイクの唇は柔らかく、エレノーラのそれを緩急つけて食《は》む。触れ合うたびに心地よさが生まれ、ボルテージを高めていく。

ちゅっとついばんだかと思うと、今度は奥深くに舌を差し込まれる。次は何をするのかされるのか、そんな駆け引きをジェイクは楽しんでいるように思えた。それは少なからずエレノーラも同じで――。

「エレノーラ、俺のエレノーラ」

キスしたまま、愛の言葉とともに唾液が口内に注ぎ込まれる。

「ん、ふっ」

自然に嚥下《えんか》せざるを得ず、こくりこくりと喉を鳴らすエレノーラだったが、それすら追いつかずに、口角からはふたりが混ぜ合った唾液がなまめかしくこぼれていく。

「エレノーラ、君は甘い」

熱に浮かされたような声で、ジェイクが言った。

「君の味をすべて知りたいんだ、今夜」

「……っ!?」

ようやく今夜の意味がわかり、エレノーラの頭の中は瞬間沸騰する。

(今夜って、そうか、普通なら初夜なのね!?　そんなこと考えもしなかったわ！)

「あ、味って、そんな、私は――」

エレノーラはためらうようにジェイクの胸元を押し返す。

するとジェイクの顔が険しくなった。

「モーリスには許して、俺にはダメな理由を教えてくれ」

「なっ――」

あまりに啞然《あぜん》として、開いた口が塞がらない。

(なんでそういうことになってしまうの？　私はただ……)

言い訳しようとするも、三度唇を奪われ、それは台詞になってくれなかった。

「あ、ふぁっ」

しかし今度のキスは先ほどよりずっと性急で、強引で、エレノーラはわずかながら恐怖を覚える。

(ジェイクさまが怖いっ……私、どうなっちゃうの?)

「あの、ジェイクさ、ま! わ、私はっ」

キスの合間に懸命に言葉を繋げるも、ジェイクに聞く耳はないようだった。

エレノーラを見下ろす瞳は野性的な色に変わり、情欲の灯火が宿っている。

「悪いが俺には、今夜君を抱く権利がある」

モーリスに負ける気もないと捨て置き、ジェイクはもう一方の腕をエレノーラの膝の裏に差し入れると、そのままひょいっと持ち上げて横抱きにかかえた。

「きゃっ! ジェイクさま!?」

急に抱き上げられ、ぎょっとするエレノーラ。

「お、降ろしてください!」

ジェイクは何も言わず、エレノーラの言うこともちろん聞かずに、彼女を連れて寝室に向かった。

キングサイズのベッドが鎮座する続き部屋の寝室に連れ込まれ、エレノーラがごくりと息を呑む。

(そんな、まさか今夜ここで……!?)

ジェイクは清潔なリネンの上にどさりとエレノーラを降ろすと、彼女を仰向《あおむ》けに横たわらせ、自らは覆い被さるように両手をついた。

ぎらつく鋭い眼差しに圧倒され、エレノーラの瞳に自然と涙が浮かぶ。

「怖いのか？」

「……はい」

「それは俺だからなのか？」

「え？」

「俺を受け入れてくれ、エレノーラ」

「ジェイクさま……」

もうジェイクに話は通じなそうだった。

何かに取り憑《とつ》かれたかのように、彼はエレノーラの首筋に顔をうずめた。

「あっ――」

唇がちゅっと音を立て、首筋にキスが散らされていく。

「んふっ」

こそばゆいが、悪い気はしなかった。怖いかと言われればいまも怖かったけれど、さっきキスしたときに感じたように、ジェイクにならば淫らな行為も許せる気がした。

（結婚したから？　正式に夫婦になったから？　男だけれど、旦那さまだから？）

どれも理由のひとつには違いないが、この感情をどう表したらいいのか、エレノーラにはやはりわからない。

ぐるぐると頭の中で考えている間にも、ジェイクはエレノーラを快楽へと駆り立てていく。

焦《じ》らすように頬、額、唇にも口づけ、ドレスの肩を抜いてデコルテを開いた。

「んっ！」

胸の谷間があらわになり、ジェイクがそこに舌を走らせる。

「ひぅっ、う、ん」

ぞくぞくっと、背筋から得体の知れない何かが這《は》い上《あ》がっていった。

そのうち思考はすべて身体から感じることだけになってしまい、エレノーラはただひたすらに与えられる行為に反応するだけだった。

「エレノーラ、俺に見せてくれるな？」

問いかけだったが、ジェイクはエレノーラの答えなど歯牙にもかけない。彼女がなんと言おうと、今夜、エレノーラを自分のものにしようと思っていたからだ。

エレノーラもそれをわかっていたので、あえて反論することもなく、身体を開いていた。

ドレス越しに胸の膨らみを撫でられ、ぴくりと全身を揺らす。

「あっ、は……ん、う」

感じたことのない疼きに動揺するも、ジェイクが両手で胸を揉むたびに、なぜか下半身が甘く痺《しび》れた。

「なんて柔らかいんだ……じかに触らせてほしい」

「は、はい……」

恥ずかしいながらも頷くと、ジェイクはようやく口角を上げてくれる。そのままうれしそうにドレスを腹部まで下ろした。

「あんっ」

「きれいだ。エレノーラ」

まろび出た白く豊満な乳房を、じっと見つめるジェイク。

視姦《しかん》されているようで、エレノーラは羞恥に顔を染め、目を閉じていた。

「あ、う！」

じかに触れられ、感度が上がっていく。

ちょっとひんやりしたジェイクの手の平が乳房を包み込んだ。五指がばらばらに動き、胸を回すように揉む。その感触にじくじくと身体が疼き、エレノーラは嬌声《きようせい》を上げてしまう。

「んんっ、う、ぁ……あん、あっ」

そのうち先端が硬く尖っていくと、ジェイクが目ざとくそこに気づいた。

「エレノーラ、気持ちいいんだね？　こんなになって――」

ジェイクが赤い乳首を指先で弾《はじ》く。

「ひゃ、ぁん！」

揉まれるよりも強い快感に目がくらみ、思わず涙目になった。

「痛かったかい？」

「だ、大丈夫、です」

気遣ってくれるジェイクが最高の夫に見え、エレノーラは心の中で歓喜する。

（私はきっと、幸せなんだわ。こんな素敵なひとの許で、女としての幸せも享受することになるんだもの……）

「ジェイクさま、私――」

「ああ、わかってる。もっと触れてほしいのだろう？」

「えっと……」

うまく気持ちを伝えられずにやきもきするも、次の瞬間には悩んでいたことなどどこかにいってしまった。

ジェイクが胸の頂に吸いついてきたのだ。

「ひっ、ん、んん!?」

ちゅうっと淫猥《いんわい》な音を立て、乳首を口腔内で転がされる。それからジェイクは舌を使い、ぺろぺろと乳輪ごと乳首を舐め上げた。

「あ、ああっ、そ、そこっ」

「悦《い》いんだな？」

ジェイクは興奮しているようで、夢中になってエレノーラの赤い蕾《つぼみ》に食らいついている。

エレノーラは身をよじり、次々と迫りくる快感に耐えていた。

「やぁ、あ、そんなに、吸っちゃっ」

何も出ないのだと言いたかったけれど、それが性的な行為であるとさすがにウブなエレノーラもわかっている。

吸われれば吸われるほど、ぞくりと悪寒に似た快感が背中をしならせ、エレノーラの思いとは裏腹に弓なりに反ってしまう。それが胸を突き出すような格好になったものだから、余計にジェイクの興奮をあおった。

「ん、んぅっ、ひ、あ、あんっ」

リネンを握り締めて快楽を堪えるも、ジェイクの手と口は止まらない。

どこにこの愉悦を逃がしていいのかわからず、エレノーラは自然と熱を帯びていく下肢をもじもじとさせた。

なぜあのような場所が熱く滾《たぎ》るのだろうと、エレノーラが不思議に思っていると、そこにジェイクの手が伸びてくる。

「我慢できないのかい？」

それはある意味では卑猥な台詞だったが、エレノーラはわけもわからず素直に頷いていた。

とにかくこのもどかしい感覚を一刻も早くどうにかしてほしいと、そればかりが念頭にあったからだ。

ジェイクは身体を下へずらすと、エレノーラのドレスの裾をめくり上げた。

「あっ、そんなところ！」

慌ててスカートを戻そうとするも、ジェイクはエレノーラの足の間に入り込み、何もできないように身体を固定してしまう。

あられもない場所を大きく開かされ、エレノーラは恥辱でおかしくなりそうだった。

「やぁっ、み、見ないでぇ！」

反射的に顔を手で覆っていたが、ジェイクは容赦ない。ドロワーズの上から太ももに触れ、ゆっくりと足の付け根に向けて手を伸ばしていった。

「あ、ああ、あっ」

それがまた未知の快感を生み、エレノーラは恍惚《こうこつ》として呻《うめ》く。

股間が熱くて、見なくてもそこが酷《ひど》く湿り気を帯び、ひくついているのがわかっていた。

こんな感覚は生まれて初めて味わう。

「ダメ、ダメぇっ」

いよいよジェイクの手が熱源に迫ったとき、エレノーラはかすかに抵抗するも、あまりに強い衝撃にわななくことになる。

「はぅあっ!?」

ドロワーズの上からなのに大事な蕾に触れられたら、雷に打たれたかのようなショックが走った。

「ああ、エレノーラ……もうびしょびしょじゃあないか」

感嘆のため息をつき、ジェイクが興奮気味に言う。

「いや、いやぁ」

恥ずかしくて恥ずかしくて、ぶんぶん首を横に振るエレノーラ。

粗相をしてしまったかと思ったが、ジェイクの言い方からすると違うようだ。

「そんなに俺の愛撫《あいぶ》に感じてくれてたんだね」

ジェイクは心底うれしそうに顔をほころばせている。

「もっと気持ちよくなるよ」

「も、もっと――？」

「うん」

「もう、どうしたらいいかわからないのに」

「俺に任せてほしい」

「ジェイクさま……」

まさに夫婦としての会話をすることで、エレノーラはジェイクをすごく近くに感じた。

ただ――と、ジェイクは申し訳なさそうに前置きする。

「俺は初めてなんだ。だからもしモーリスよりもダメだったら……いや、これには触れないでおこう。いまのは忘れてくれ」

「ジェイクさま、それは――」

「いいんだ、エレノーラ」

ジェイクは苦笑して、話を無理やり終了させてしまう。

明らかにジェイクは勘違いしているのだったが、エレノーラにもアンジェラという弱味があるから、これ以上こじらせるようなことはしないのが得策だと思った。

「脱がしてもいいか？」

気を取り直してそう聞いてくるジェイクに、エレノーラはさすがに狼狽を隠せない。

「し、下着をですか!?」

(そ、そりゃあ脱がなければならない行為だとはわかっているけれど、でも、すごく恥ずかしいわ。それにまだ少し怖い)

沸騰しそうなほど顔を真っ赤に染め、エレノーラはなけなしの勇気を振り絞って首を縦に振った。

(ジェイクさまは私の旦那さま、ジェイクさまは私の夫になった方)

胸中で念仏のように唱えることで、羞恥を最低限まで下げようと試みる。

無言になったエレノーラの態度を諾と取ったジェイクは、ドロワーズをゆっくりと下ろしていった。すると愛液がつうっと糸を引き、下着にくっついてくる。

「やぁああ、これは、本当に、見ちゃダメぇえ!」

がばっと上体を起こし、反射的にドロワーズを上げようとしたが、すでにジェイクが足首まで下ろしたところだった。

「何も隠さないで、エレノーラ。君のすべてがいとおしいんだ」

「ジェイク、さま……」

真っ赤な涙目で、恥ずかしさを堪えるエレノーラ。

「さあ、力を抜いて?　もう一度横になって」

「………」

言われるがまま素直に再度仰向けになると、ジェイクはエレノーラの足をM字に抱え上げた。

「ふ、うっ」

恥ずかしすぎて口元を手で覆うエレノーラの秘部を、まじまじと見つめるジェイク。

「なんて美しいんだ。性教育は貴族として受けていたが、女性器をグロテスクではなく美しいと思ったのはこれが初めてだ」

「やぁ……許してぇ、ジェイクさまあ」

「許すも何も、これでいいんだよ。エレノーラ、この行為が夫婦になるということなんだから」

君はとっくにわかっていることと思うけれど――と、苦笑しながらジェイクが言った。

「大事な場所に触るよ」

エレノーラの緊張を緩和させようとしてくれたのか、そう宣言してからジェイクはエレノーラの秘所に手を伸ばす。和毛《にこげ》を越えて陰核に迫った途端、くちゅりと水音が鳴った。

「ああん！」

感じたことのない激しい愉悦に、火花が散ったように目がちかちかする。

「そ、それ、何っ、それ以上はぁダメぇ」

いやいやするエレノーラをなだめるように、ぬるつく秘密の花園を撫でていくジェイク。

「こんなにも濡らして……俺の愛撫、間違ってなかったんだな」

どこか安心するように言うジェイクに、エレノーラは涙目になって彼を見下ろした。

「も、もうっ、おかしくなりそう、ですっ」

「なってくれ。俺に狂ってほしい」

「ジェイク、さまぁ……あっ」

ジェイクの長い節くれ立った指先が、包皮に覆われた肉芽を探し当てる。

「きゃっ、あっ⁉」

何それ、何それ！　と、思わず叫ぶエレノーラ。

正常な判断ができる状況であればジェイクはエレノーラの生娘のような反応に疑いを持っただろうが、あいにく彼は興奮状態にあり、エレノーラの言葉は嬌声にしか聞こえていなかった。

「硬く突き出している」

言われた通り硬く突き出している突起を、指先でこりこりといじられる。

エレノーラは腰を浮かせ、いままでにないほど高く啼《な》いた。

「きゃあああんっ！」

何かが下から迫り上がっていく。感じたことのない悦楽に、エレノーラは戸惑っていた。

「そこ、そこぉ、ダメ、ダメ、それ以上はぁ」

「気持ちいいんだね。どんどん溢《あふ》れてくるよ」

「溢れ——え？」

「ほら、こんなにもとろとろだ」

「ひぅうっ」

蜜口に溜《た》まった蜜を指先ですくい上げると、ジェイクはなんとそれをぺろりと舐めてしまう。

「や、汚いわ！」

「君に汚いところなんてないよ、エレノーラ」

そう言うとジェイクは膣孔《ちつあな》を探り当て、指を一本、ゆっくりと挿入していった。

「あ、あ、あああっ」

ずくりと満たされる感覚に驚き、腰を浮かせて違和感に耐える。初めてなのに、媚壁《びへき》を擦る指の動きが心地いい。

「ああ、なんて狭くて、きつくて、気持ちよさそうなんだ」

ジェイクは恍惚として、指を前後に動かし始めた。

「あん！　う、動いちゃ、や！　あ、あん！」

ずずっと奥まで差し込まれ、蜜にまみれた指先がぬめりながら外に出される。そんな状態を何回か繰り返しているうちに、膣の奥からは愛液がとめどなく溢れてきた。

「ふ、ううっ、あ、んんっ」

「指、増やすよ」

「え――んん、あああ！」

二本も指が入ってきたことで圧迫感が増す。けれどもその重量さえもの足りないと思ってしまうほど、エレノーラの秘孔はとろけていた。

ずっちゅ、ぐっちゅと、淫らな水音も次第に大きくなっていく。

「んぁっ、はぁ、ああっ、う、うんっ」

気持ちいい。気持ちいいのだが、どこかちぐはぐだ。そこに受け入れるべきは指ではないと、本能が言っていた。

「んん、ジェイクさま、私、も、もうっ」

何が「もう」なのか、自分でもわからないままにエレノーラは口走る。

しかしそれはジェイクも同じだったようだ。すぐに返答があった。

「お、俺もだ。これは拷問だ。エレノーラ、俺を嫌わないでくれ？　もう、もう、我慢できそうにない――！」

ジェイクは指を膣口から引き抜き、一度身体を上にずらして、あられもない姿のエレノーラを抱き締める。

「ジェイク、さまぁ」

「エレノーラ」

エレノーラもまたジェイクの背に腕を回し、彼を抱き締め返した。

ちゅっと、ジェイクはエレノーラに唇を合わせるだけのキスをする。

「今夜をずっと夢見ていた。君を俺のものにできる日を」

「ジェイクさま……私はもう、あなたさまのものではないですか」

潤んだ瞳で言ったら、ジェイクは心からの笑みを浮かべた。

「ありがとう、エレノーラ。君は俺の運命の女性だ」

そうしてジェイクは、ごそごそと下肢をくつろがせ、自らの性器をあらわにする。

「――――」

そのあまりの重量感に、こんなものが自分の中に入るのかと、エレノーラは疑った。

ジェイクの陰茎は太くて長く、青筋の入った赤黒い竿《さお》は上を向いている。傘の部分は張り出し、鈴口は弾力があるように丸かった。

「やっぱり怖くなったかい？」

己の一物を見下ろして苦笑するジェイクに、エレノーラは精一杯の勇気を振り絞り、ぶんぶんと首を横に振る。

「いえ、大丈夫です。私、ジェイクさまになら……」

「エレノーラ」

感慨深そうにいとしいひとの名前を呼び、自分の分身を持つと、エレノーラの蜜口に近づけた。すっかり蜜溜まりができていたそこはぬるぬるしており、ジェイクの先端が滑る。

「いくよ？」

「は、はいっ」

エレノーラは覚悟に頷き、そのときを待った。

ジェイクはゆっくりと自分を押し進め、蜜孔を穿《うが》っていく。

「あ、あああっ、んぅううっ！」

ず、ずずっと膣壁を擦る感覚がたまらなく気持ちがいい。あまりに太くて長くて、痛みと圧迫感から息も絶え絶えだったけれど、エレノーラはそれ以上の多幸感に包まれていた。

「ああぁっ、ジェイクさまぁああ」

「くっ——エレノーラ！」

ジェイクもきついのか、眉をひそめて腰を動かす。

そしてついに、ジェイクの肉棒がエレノーラを貫いた。

「ふぅう、うっ……」

自然とまなじりから溢れた涙が頬へと伝っていく。

「エレノーラ、痛いのかい？」

心配そうなジェイクにしかし、エレノーラは首を横に振って否定を表した。

「いえ、うれしいんですっ……こんな感覚、私、初めてです」

「エレノーラ……なんで、それは——」

結合部に目を向けたジェイクは、はっとして濡れたリネンを凝視する。

シーツはエレノーラの蜜にまみれていたが、そこにかすかに血液が散っていたのだった。

「え……な、なんで——」

ジェイクは腰を動かすことも忘れて呆然とする。

数拍遅れて事態に気づいたエレノーラは、ひゅっと声を詰まらせた。

「エ、エレノーラ……き、君は、もしかして、もしかしなくとも——処女だったのか？」

エレノーラは、今度は別の意味で泣きそうになりながら、こくんと首肯することで返事とする。

(ばれてしまった。ついにばれてしまったわ……！)

「な、なら、アンジェラは——」

エレノーラは複雑な表情で、「申し訳ございません……」と謝罪した。

(アンジェラは私の実の子ではない。ジェイクさまはそれでも私たちを置いてくださるかしら……もしダメなら、女三人で路頭に迷って生きていくことになるかもしれない)

せっかく身体が繋がったというのに、心が離れてしまえば意味はない。

いろいろ覚悟するエレノーラだったが、次の瞬間、ジェイクにきつく抱きつかれ驚くことになる。

「あ、あの？　ジェイク、さま？」

「……しい」

「え？」

「うれしい」

「ジェイクさま」

「君が、エレノーラ、俺はずいぶんこのことで悩んできたが、モーリスのものにならなかっ

たんだな？」

「はい……」

それからどんな追及をされるのかと戦々恐々となるエレノーラだったが、ジェイクは心の底から歓喜した。

「何があったかは、あとで聞く。いまはただ、喜びを共有させてほしい」

「共有って――んんっ!?」

ぐいっとジェイクが腰を入れたので、ぴくりとエレノーラの身体が揺れる。

「このままでは生殺しだ」

そう苦笑して「ゆっくりするから、つらかったら言ってほしい」と、ジェイクは抽挿し始めた。

忘れていた快感が息を吹き返し、エレノーラの身体を蹂躙《じゅうりん》する。

「あ、あんっ、やっ、は、ああっ、あ」

「エレノーラ、ああ、俺のエレノーラ」

熱に浮かされたジェイクはエレノーラを抱き締め、胸元にキスを散らしながらひたすらに腰を振っていく。

「うんっ、ん、ああっ、あ、はんっ」

初めてだから、確かに痛みはあった。でもそれ以上の充足感が、エレノーラを高みへ連れていく。

「あ、あああ、ジェイクさまぁあ！」

「エレノーラ、エレノーラ！　俺は、も、もう……っ」

初めてなのはジェイクも同じだった。貴族として性教育は受けてきたから、やり方こそ知っているが、こんなにも夢中になるものだとは思っていなかったらしい。無我夢中で腰を振り立てている。

「はい、はいっ……きて、きて、くださいっ」

はあはあと荒い息をつき、エレノーラはジェイクを見上げた。

ジェイクの息も弾んでおり、頬は上気している。初めての性行為に夢中にはなっているものの、エレノーラをまっすぐに見つめ、彼女を愛することに至福を感じているようだった。

「く――っ、いく、いく！」

瞬間、ジェイクの欲望が爆《は》ぜた。エレノーラの最奥に白濁がぶちまけられる。

エレノーラがわなないた。

「ひぃああ、熱いぃっ！」

「くぅっ」

ジェイクは二度、三度と腰を打ちつけ、最後の残滓《ざんし》に至るまで注ぎ込んでいく。

「あ、あああ……」

熱い奔流に呑まれ、エレノーラはふわふわしており、自分が自分ではないみたいだった。

「エレノーラ？　大丈夫か？」

気遣わしげに聞くジェイクが、優しくエレノーラの額の汗を拭ってやる。

エレノーラは冷めない興奮から息を乱していたが、なんとかジェイクを見上げた。自分がどれだけ満たされたか伝えたい、そう思っていたからだ。

「だ、だいじょ……」

けれど最後まで言葉を紡ぐ前に、心も身体もいっぱいいっぱいだったエレノーラは意識を手放してしまった。


ふと目を覚ますと、見慣れぬ部屋のベッドに横になっていた。はっとして薄暗い周囲を見回すと、隣から声をかけられる。

「目が覚めちゃった？」

「あっ」

真横にはジェイクが枕に肘をついて横になり、こちらを微笑ましそうに眺めていた。

ジェイクさま――と身体を起こしかけて、つきりとした下腹部の痛みに顔をしかめる。

「いいんだよ、エレノーラ。まだ真夜中だ。それに無理させちゃったから、もう少し休んでいくといい」

「あ、ありがとうございます。でもアンジェラが……」

愛娘のことを思い出すも、「さすがに皆、寝静まっているよ」と苦笑されてしまう。

(確かにそうよね。いま急いで自室に帰っても、逆に起こしてしまいかねないわ)

「アンジェラ、ね」

意味ありげに言葉を紡ぐジェイク。

エレノーラははっとして口をつぐんだ。

「あ……」

いよいよジェイクにすべてを打ち明けるときが来てしまったと、固唾《かたず》をごくんと呑む。

「単刀直入に聞くが、いいか？」

「……はい」

(ぜんぶお話しして、もし離縁されるようなことになっても自業自得だもの。何を言われても受け入れましょう)

表情からエレノーラの覚悟を見て取ったのか、ジェイクが続けた。

「アンジェラは誰の子なんだ？」

「アンジェラは――」

そしてエレノーラはジェイクに長い思い出話を聞かせることになる。

あの仮面舞踏会の日、仮面を失ったエレノーラと出会ったのはモーリスも同じだった。

モーリスはキャロラインという金髪碧眼の女性と結婚したものの離婚したばかり。いわゆるおめでた婚だったのだが、社交界の裏で女狂いと揶揄《やゆ》されているモーリスは、妻が出産のために里帰りしているところを狙い、ほかの女性たちとの逢瀬《おうせ》を楽しんでいたようだ。しかしキャロラインがだらしない夫の性癖を知ってしまい、状況は悪化。生まれたばかりの子をモーリスに押しつけると、そのまま離縁して実家に帰ったという。

　モーリスは赤子が女児だということもあって持て余していたが、この貴族社会で自分の地位や権力を維持していくためには、養子に出したり孤児院に預けたりするわけにはいかなかった。そこで金髪碧眼の適当な娘と再婚したのち即離婚して、彼女の子供だと偽り、そのまま子供を引き取らせてしまおうと画策したわけだ。

　白羽の矢が立ったのが、エレノーラだった。金髪碧眼という特徴は元より、貴族では末席となる男爵家、金銭的・経済的にも困っていると知り、子爵家の自分の立場が優位に働くと、彼女を選んだ。

　そんなこととは知らないエレノーラは、モーリスと結婚することになったが、初めからアンジェラを引き取らせるためだけの結婚だったため、即離縁させられてしまった。モーリスが再婚だからと、結婚式も初夜もない、短くて寂しい結婚生活だった。余計な感情が入らないようにするためか、それともあとから面倒なことが持ち上がるのを避けるためか、モーリスはエレノーラに手を出すようなこともなかったのだ。

「なるほど……つまりアンジェラは、モーリスと、そのキャロラインって前妻の娘なんだな？」

「はい。私の子だという届けは出していますが、あの――さっきの行為が示したように、私は産むどころか、そういうことをしたこともありませんでした」

エレノーラの告白に、ジェイクは難しい顔をする。

「しかしモーリスのやつ、そんなことのためにエレノーラを利用するとは……まったくもって不愉快な男だな」

はあっと仰々しいため息をつき、エレノーラに手を伸ばした。

抱き寄せられ、エレノーラはジェイクの胸元に顔をうずめる。

「すみません、真実をお話ししないまま結婚させてしまって……」

「何言っているんだ。そんなこと、どうでもいい」

「本当に？」

上目遣いで聞くエレノーラに、「いや、それは言い過ぎだった」と、指先で頰をかくジェイク。

「君がキスもセックスも俺が初めてで、どんなにうれしかったか」

「も、もう！　ジェイクさまったら！」

かあっと顔を赤らめ、エレノーラはぽんぽんとジェイクの胸を叩く。

そんなエレノーラを、ジェイクは優しく包み込むように抱き締めた。

「話してくれてありがとう。おかげで俺も腹が決まった」

「それはどういう……？」

(やっぱり追い出されてしまうのかしら)

どくんと心臓が高鳴り、身体の奥から不安が迫《せ》り上《あ》がってくる。

しかしジェイクの次の台詞は、エレノーラが思ってもいないことだった。

「俺がアンジェラの父親になろう」

「えっ――」

「不満か？」

「ま、まさか！」

ぶんぶんと首を横に振ると、ジェイクがエレノーラの頭頂部にキスを落とす。

「実子じゃないとはいえ、教区簿冊上はいとおしい女の子供だ。愛さないわけないじゃあないか」

「ジェイクさま……」

じわりと、まなじりに涙が溜まった。

「うれしい、うれしいです。私、私たち、ここにいてもいいのですね？」

「何言っているんだ。永遠に俺の傍にいてほしい」

もちろん君だけでなくアンジェラもと、ジェイクは言った。

愛のささやきに、エレノーラの心はとても温かい。

（ジェイクさまと結婚できて、私幸せだわ。アンジェラもレベッカも、これで路頭に迷う必要はなくなったのね）

「ジェイクさま。どう感謝を表したらいいか……！」

「じゃあ、もっと君をつまみ食いさせてもらおうかな？」

「えぇっ!?」

まさかエッチな方面に話が及ぶとは思ってもいなかったので、エレノーラは動揺する。

そんなエレノーラをいとおしそうに見ながら、ジェイクが笑った。

「ふふ。エレノーラ想《おも》いの俺が、これ以上無理させるわけがないだろう？」

「ジェイクさまって、本当にお優しいのですね。私、貴族の結婚って政略的、義務的なものだと思っていたので、こんなふうに幸せを感じられたことは初めてです」

「エレノーラ……」

「アンジェラもパパをほしがっていたんです」

ジェイクに気に入られようとがんばっていた愛娘を思い出し、胸がきゅっとなる。

「だから先ほどのジェイクさまの言葉を聞いたら、きっと喜びます」

「うん」

「アンジェラのこと、もっとお聞かせしてもよろしいですか？」

「もちろん」

だが……と、ジェイクが上向いて考え込んだ。

「俺はエレノーラ、君のこともっと知りたいんだ」

「ジェイクさま……」

「君も俺がなんで運命だと思ったのか、知りたくないか？」

いたずらっぽくウインクするジェイクに、エレノーラはぽっと頬を朱に染めて頷く。

「私を四年間も捜されていたって、本当なんですか？」

「なんだ、そんなところから話さないといけないのか」

「え、え？」

自分のエレノーラへの愛がわかっていないとばかりに、ジェイクがおおげさなため息をついた。エレノーラが戸惑うも、ジェイクは話し始める。

そうして真夜中を過ぎたにもかかわらず、ふたりは明け方までベッドの中で語り合った。

三章　旦那さまにまるごと愛される方法

ジェイクと結婚してから約一ヶ月が経過した。季節はわずかに進み、夏前特有の湿度のある風が緑の生い茂るウィルキンズ伯爵邸内を吹き抜けていく。

庭に面したテラスに出ていたエレノーラはアンジェラとともに、レベッカの給仕で午後の茶会を楽しんでいた——が、いつまでも椅子でおとなしくしているアンジェラではない。皿に盛られた菓子を食べきったあとはすっかり退屈してしまい、「ママ、あそぼう！」を連発するようになる。

読書のために本を持ち込んでいたエレノーラは、やれやれと本を閉じて娘を見た。

「アンジェラ。少しは貴族の淑女らしくできないの？」

「しゅくじょ？」

「おしとやかで上品な女性って意味よ」

説明しても、アンジェラはきょとんとしたままだ。

エレノーラは大きくため息をついた。

(この子には実家で庶民みたいな生活をさせてしまったから……いまさら伯爵家の令嬢として振る舞えなんて難しいわよね)

「エレノーラさま……」

エレノーラの心のうちを読んだのか、レベッカが申し訳なさそうに進言する。

「恐れながらウィルキンズ伯爵さまと、アンジェラさまの教育方針についてきちんとお話しされたほうがいいように思います」

「……それは、わかっているわ」

すでに頭の中では何度も考え続けていたことを指摘され、エレノーラはいよいよ追い詰められた。

「でも、わかるでしょう？　レベッカ」

「はい」

レベッカは神妙に頷く。そして改めて、広大なウィルキンズ伯爵邸を眺めた。

周囲のあちこちに多くの使用人が働いているが、誰もエレノーラたちに見向きもせず、まったく相手にされないのである。ジェイクの在宅時はまだいいが、今日のようにジェイクがアレックスを連れて領地の視察で屋敷を留守にしているときなどは、いないものとして無視されることが普通だった。

「ジェイクさまはまだ気づいていらっしゃらないみたい、お忙しい方だから……」

エレノーラが考え込む。

「領土に関する業務もそうだし、統治するための政治も。それに関税などのお金のこと——軍を動かしたり登城をなさったりするときがあるから……そんなご多忙のジェイクさまをわずらわせるような相談なんてとてもできないわ」

ここに置いてもらえるだけ幸せなのだと、エレノーラが嚙《か》み締《し》めるように言った。

「ですが、このままではおふたりとも本当に幸せにはなれません」

「そんなことないわ。私は――」

「ママ！　あそんで！　あそんで！」

母と侍女の会話に割り込み、アンジェラがエレノーラのドレスの裾を引っ張る。

「アンジェラ！」

「……っ」

珍しくエレノーラが大きな声で叱責したことから、アンジェラが萎縮して息を呑んだ。その丸い瞳に、じわりと涙が浮かぶ。

しかしエレノーラのほうも次の瞬間にはもう眉を下げ、娘に目線を合わせるようしゃがみ込み、優しく言い聞かせた。

「アンジェラ。お願い、わかって？　私たちはここではいい子でいないといけないの。お願いだから、ママやレベッカを困らせないでちょうだい」

「ごめ、なさい」

涙がこぼれることはなかったが、アンジェラは泣きそうになりながら母の首に抱きつく。

エレノーラもまたアンジェラを抱き締め返したが、自分の無力感に苛《さいな》まれていた。

「ううん、ママも悪かったね。大きな声を出してごめんね」

ママーと甘えてくるアンジェラはやっぱりいとおしくて、この子をどうにかして幸せにしてあげたいと、改めて思う。

「レベッカ、私決めたわ」

「なんです？」

目をしばたたかせるレベッカに、エレノーラはたったいました決意を口にした。

「お屋敷の皆さんに好かれるように、もっと積極的に動いてみるわ！」

「えっ……積極的にって、例えば？」

「そうね。私は貧乏なアリンガム家で育ってきたからこそ、料理や裁縫など本来ならば使用人がする仕事が得意だわ。それを活《い》かして、皆と一緒に汗を流してみようと思うの」

最善の考えだと思うエレノーラだったが、しかしレベッカは否定的だ。

「余計に疎まれてしまうかもしれませんよ？」

「やらないよりはマシでしょう？」

「うーん」

そこまで言われたら引き留めることもはばかられたらしい、レベッカは言葉を濁しながらも最終的には「お手伝いします」と言ってくれた。

ジェイクとアレックスが留守の間、エレノーラはさっそく積極的に屋敷で動き始めた。そもそも自身の側近にはレベッカがいるので大丈夫とジェイクに断っていたことから、ウィルキンズ伯爵邸の使用人たちにほとんど知り合いがいなかったのだ。

(私たちを知ってもらうためには、同じことをして仲間だと思ってもらわないとよね)

動きやすい簡素なドレスに着替えたエレノーラはアンジェラとレベッカを連れ、まずは使用人たちをまとめる老執事のカルヴィン、侍女頭のコーデリアに相談に行った。

「カルヴィンさん、コーデリアさん。何か私たちにできることをさせていただきたいのですが……」

「…………」

しかし禿頭《とくとう》のカルヴィンは耳が遠いふりをして、エレノーラたちを無視してその場を去っていってしまう。

助けを求めるようにコーデリアに目を向けるも、

「そのようなことはございません」

白髪《しらが》が交じり始めた侍女頭はつんと澄ました顔で、きっぱりと言う。

「奥さま方はいままで通り、どうぞ邸内でご自由になさっていただいて結構です」

それは婉曲《えんきょく》な拒絶だったが、エレノーラは負けなかった。それならばと屋敷内をくまなく歩き回り、使用人たち全員と仲よくなろうと決めたのである。

次は調理場へコック長のエディーの許で食器洗いを、衣装室を管理する侍女のサンドラの許で縫製の手伝いを、比較的愛想のよかった執事の補佐をする従僕のネイトや下男のレイフとは日々挨拶からの会話をした。

それから邸内のみならず敷地内までが自由が利く範囲と解釈して、森と狩猟用の家畜を管理する森番のスペンサー、出入りを監視する門番のテッド、農作物を作ったり庭の手入れをしたりする園丁のホレス、馬車や軍馬を飼育する馬丁のロイドらと交流するようになる。

最初こそ無愛想で挨拶さえとげとげしかった彼らも、エレノーラが本気で皆となじもうと努力しているところを日々見ているうちに、カルヴィンとコーデリアを除き、次第に態度が軟化していった。

「いやあ、奥さまは焼き菓子がお上手だ！　火加減の調整がうまい！」

エディーは髭《ひげ》を揺らして快活に笑い、でき上がったクッキーを傍で見ていたアンジェラに手渡す。アンジェラはほかほかの焼きたてクッキーを前に、顔をほころばせた。

「アンジェラ。そういうときはなんて言うの？」

そっと背中を押すと、アンジェラは緊張しながらもエディーに「ありがとう」と呟いた。

いいよ、いいよと、エディーは夕食の準備に戻っていく。

夕食の時間まではまだあったので、そのあとは衣装室に向かった。

年かさのサンドラがようやく笑顔で迎えてくれるようになったことに加え、アンジェラがダメ押しとばかりにクッキーを分ける。

「まあまあ、お嬢さまが焼いたのですか？」

「ううん、ママよ」

自分が焼いたわけではないのに、アンジェラは得意顔だ。

そんな娘の様子を、エレノーラとサンドラは微笑ましく見つめる。

「これ、スペンサーさんの上着なんだけれど、ここで縫って構わないかしら？」

「もちろん大丈夫ですが、森番の上着を奥さまが縫うなど聞いたことがありません」

衣装室のサンドラはあまりに驚いたのか、目を大きく見開いていた。

「ほつれていたから、ね。大事なお仕事をしてくれているんだし、私にできるのはこれぐらいのことだから」

「奥さまは変わり者ですね」

「そ、そうかしら？」

貧乏貴族令嬢だったエレノーラには、普通の貴族の奥さまがどういうものかわからない。あまりおかしいことをするとまた皆に嫌われかねないのではと危惧していたら、サンドラは目尻にしわを刻んだ。

「最近、邸内は奥さまのお噂で持ちきりですよ」

「え、本当？　ど、どうしましょう……」

まさか積極的に動いたことが裏目に出たのでは——と、さあっと血の気が引いたエレノーラに、サンドラは裁縫道具を渡しながら教えてくれる。

「こんなに使用人想いの方はめったにいらっしゃらないと、皆言っています」

「サンドラさん……」

「あと誰にでも丁寧な言葉で話すところとか」

くすりと笑うサンドラにつられて、エレノーラも微笑んだ。けれど、一番気になっていたのは自分の噂のほうではない。問題はアンジェラが受け入れてもらえるかどうかだ。

「あの、アンジェラのことは――ど、どうかしら？」

思わずつっかえてしまったが、サンドラはなんてことないように言った。

「かわいらしいお嬢さまです。ウィルキンズ邸に子供はいませんから、まるで屋敷に可憐《かれん》な花が咲いたようだと」

「ほ、本当に!?　わがままましたり迷惑かけたりしていないかしら？」

「子供ですもの、それは当たり前です。人により感じ方はそれぞれだと思いますが――奥さまがわたくしたちと交流するようになってからは、明らかに見方は変わりましたね」

それを聞いて、エレノーラはほっと胸を撫で下ろす。

エレノーラの針仕事を見ていたアンジェラは、自分のことが話題に上がっているとも思わず、呑気《のんき》にクッキーを頬張っていた。


「やりましたね、エレノーラさま！」

食堂での夕食後に自室に帰ると、風呂の準備をしていたレベッカが海綿を放り出してエレノーラに抱きついてきた。

「ウィルキンズ伯爵邸の皆さん、ほとんどに好印象じゃないですか！」

ジェイクとアレックス抜きの夕食でも空気が朗らかになり、明らかにウィルキンズ邸はエレノーラたちにとって過ごしやすい場所となってきている。

「うふふ、ありがとう。レベッカもがんばってくれたおかげよ」

レベッカとの抱擁を解くと、しかしエレノーラの顔がふいに曇った。

「エレノーラさま？」

不思議そうに首を傾《かし》げるレベッカに、アンジェラが暗い面持ちで言う。

「ひつじさんとめいどさん、ママがきらいみたいなの」

「あ……」

レベッカは開いた口が塞がらない。

執事のカルヴィンと侍女頭のコーデリアだけは、未だにエレノーラたちに心を許してくれないのだ。彼らは長年ウィルキンズ伯爵家に仕えていることから、バツイチ子持ちのエレノーラがジェイクの妻子としてふさわしくないと思っている。日々のつんけんした態度で如実にそれを表しているのである。

「難しいものね。私がしている活動も、偽善者と言っているらしいの」

「まさか！」

「おしゃべり好きのネイトさんが言っていたから本当よ」

はあっと、エレノーラは大きくため息をつく。

エレノーラを励ますように、アンジェラが口を開いた。

「ママ？　ママのこと、みんなすきよ。アンジェラ、ママがだいすきよ？」

「アンジェラ……」

エレノーラは苦笑し、一生懸命な娘の頭を撫でる。

「わかっているわ、アンジェラ。ママもアンジェラが大好きよ」

するとアンジェラは「えへへ！」と喜び、エレノーラを風呂に誘った。

「どのぐらいかたまでつかってられるか、ママ、しょうぶしましょう？」

「ええ、いいわよ。じゃあ、行きましょうか」

「湯浴みのお手伝いをいたしますね」

アンジェラ、エレノーラ、レベッカと続き部屋にあるバスルームに向かいかけたとき、窓の外がにわかに騒がしくなる。

こんな夜中に何事だろうと窓に向かうと、ウィルキンズ家の馬車が玄関先に停められていた。座席から降りてきたのはジェイクだ。おつきのアレックスも一緒だった。

「旦那さまの早いお帰りですね。確か明後日の昼のご到着だと聞いておりましたが……」

ちらりとこちらを窺うレベッカに、エレノーラはこくりと頷く。

「私、ジェイクさまをお迎えしてくるわ。レベッカ、ごめんなさい、アンジェラを――」

「お任せください」

レベッカはどんと自身の胸を叩き、アンジェラを説得するべく彼女を追って風呂場に向かった。

(私がいないことであの子、泣くかもしれないけれど……でも仕方ないわ。ごめんなさいね、アンジェラ)

娘への罪悪感を呑み込みつつ、エレノーラは鏡の前で身繕いをする。

(ウィルキンズ家自体に好かれるためにいろいろしているけれど、この胸の高鳴りはなんなの？ ジェイクさまが早くお戻りになられて、私、うれしいのかしら？)

たった一度、初夜だから寝ただけなのに——。

しかしいまはそれ以上この気持ちについて考えている余裕はなかった。ジェイクとアレックスはもう玄関にいたのだから、急がねばならない。

(あとでゆっくり考えましょう)

そう頭の隅に棚上げしたのち、エレノーラは自室を出ていった。


玄関ホールにはすでに執事のカルヴィンと侍女頭のコーデリアがそろっており、ふたりはエレノーラの姿を見てわずかに眉をひそめた。しかし彼らが何か口を開く前に扉が開く。

ジェイクがアレックスを伴って現れた。

「いま帰ったよ」

お帰りなさいませと、一斉に頭を下げる使用人たち。

その中にエレノーラの姿があったものだから、ジェイクがぱっと顔をほころばせる。ジェイクはまさかエレノーラが迎えに出ているとは思っていなかったようだ。

「エレノーラ！」

「は、はい。私は——」

その先は言葉にならなかった。ジェイクがエレノーラをきつく抱き締めたからだ。

「——」

「ジェイクさま。エレノーラさまが窒息しますよ」

アレックスにたしなめられ、ジェイクはようやく熱い抱擁を解く。

はあっと、エレノーラはようやく深呼吸をして酸素を取り入れる。

しかしジェイクの顔はとてもうれしそうで、彼はエレノーラと手を繋いで離さなかった。

「皆そろっているところ悪いが、俺は疲れたから部屋に戻らせてもらうよ」

「軽めのお食事はご用意できます」

「お風呂のご用意はできております」

カルヴィンとコーデリアの使用人の鑑《かがみ》な台詞に、ジェイクは「ありがとう」と労《ねぎら》う。

「確かに帰宅が今夜になると早馬は出したが、お前たちは本当に優秀だな。いつも助かっている。ありがとう」

そんなウィルキンズ伯爵の姿を前に、エレノーラは彼が使用人たちからも好かれている理由が容易に想像できた。

（でも、早馬の件は知らされてなかったわ。たまたま窓の外を見たからわかったことだし……やっぱりカルヴィンさんとコーデリアさんには嫌われているみたいね。大事なことなのに、除け者にされるのはつらいわ）

ちょっとばかり落ち込んでうつむいていたら、ジェイクが顔を覗《のぞ》き込《こ》んでくる。

「エレノーラ、大丈夫か？　具合でも悪いのか？」

「いいえ、大丈夫です！」

ジェイクに心配させないように、エレノーラは努めて明るい声で答えた。

「旦那さまをお迎えするのは妻の務めですから」

「妻の務め、か」

にやにやと、ジェイクの口が緩む。

「君の口からそんな台詞が出るなんてな。俺をこれ以上喜ばせないでくれ。エレノーラのこと以外考えられなくなりそうだ」

「ジェイクさま……」

けれど桃色の空気はジェイクとエレノーラの周りだけだった。

カルヴィンとコーデリアはしらけた顔で、アレックスは呆れ顔で彼らを見つめている。

「ジェイクさま、ここは長話をする場ではありません。さあ、お部屋に荷物を運びますので」

「はいはい、わかったよ。お前は本当にうるさいんだから」

ホールに上がったジェイクは、エレノーラを伴って自室に向かった。

「君が俺の留守中、いろいろがんばっていたことは聞いている」

階段を昇っているとき、ふいにジェイクが言った。

エレノーラははっとして、「勝手なことをして申し訳ありません」と謝罪する。

「どうすればウィルキンズ家の皆さんに受け入れてもらえるかと、試行錯誤しているんです」

「俺が受け入れていれば、皆だって受け入れるさ」

何を悩む必要があるとばかりに言うジェイクに、エレノーラは首を横に振った。

「私は力のないアリンガム男爵の娘ですから、そう簡単にはいかないんです。アンジェラのこともありますし……」

特にカルヴィンとコーデリアは難敵だと、遠回しに伝えてみる。

「そうか」

するとようやくエレノーラの深刻さがわかったのか、「ふむ」とジェイクが考え込んだ。

「どうやら俺の努力も足りなかったようだ」

「え――」

きょとんとするエレノーラに、ジェイクが提案する。

「今度、彼らを伴って、ピクニックや買い物にでも行かないか？」

「ほ、本当ですか？　でも、お忙しいのに……ご無理は申し上げられません」

しかしジェイクは微笑み、繋いでいた手に力を込めた。

「いいんだ。俺が妻と娘に日頃の感謝をしたいんだから」

「――っ」

ジェイクがアンジェラを自然に「娘」と言ってくれたから、エレノーラは驚きのあまり息を呑む。うれしいけれど信じられない想いで、ジェイクを見上げた。

「よろしいの、ですか……？」

「当たり前さ。約束する」

「ジェイクさま……！」

夫の真摯な顔を前に、エレノーラは心から微笑む。

しかし真摯な旦那さまはエレノーラにひとつだけ注文をつけた。

「ただし、今夜の俺の願いを聞いてくれたらな」

「？」

きょとんとするエレノーラはこのあと、羞恥で消え入りたい気持ちでいっぱいになるのだった。

エレノーラは顔どころか全身を真っ赤にさせて、戸口に立ちすくんでいた。

そんなエレノーラに、ジェイクが声をかける。

「おい、エレノーラ。いつまでそこにいる気だ？　夏前とはいえ夜はまだ冷えるんだから、こっちにおいで」

「こ、こっちって、そ、そこは——」

エレノーラが声を詰まらせるのも無理はない。

ふたりはいま、ジェイクの部屋のバスルームにいたからだ。そう、ジェイクの願いは、エレノーラとともに湯浴みをすることだったのである。

（ううっ……恥ずかしい！　消えたい！　どうすればいいの!?）

一度は結ばれたとはいえ、それはベッドでお行儀のよい交わりだった。こんなふうに明るいところでふたりとも裸なんて、エッチなシチュエーションは考えたこともない。

（と、とにかくジェイクさまから距離を置けばいいんだわ！）

ジェイクはいまバスタブの中だ。花びらを浮かべた湯船はいい香りで温かそうだったが、寒さに震えてもエレノーラは洗い場から動くわけにはいかなかった。

「わ、私、身体を洗いますの、で！　どうか、お気遣いなく！」

そうして木の椅子に腰を下ろすと、胸と下肢を隠すように石鹸《せっけん》を泡立て始める。身体を白い泡でいっぱいにして隠せば、ジェイクも羽目を外すことはないだろうと考えたのだ。

エレノーラが懸命に身体を洗っていると、ざばっと背後で音がする。

はっとして振り返ったときにはもう遅かった。真うしろには、ジェイクが立っていたからだ。

「ジェイクさまぁ」

エレノーラは泣きそうに顔を赤らめる。

そんなエレノーラを心底いとおしそうに、ジェイクがうしろから抱き締めてきた。

「ああ……早く帰って、君とこうしたかった」

「ジェイク、さま」

こくりと緊張から喉を鳴らすと、エレノーラを抱き締めていたジェイクの手がゆるゆると動き、そっと彼女の腕を外して、胸元にかかる。

「あっ」

ぴくんと、エレノーラは身体を大きく跳ねさせた。

ジェイクはつんと勃《た》ち上《あ》がったエレノーラの乳首を、指先でこりこりともてあそぶ。

「ダ、ダメっ」

精一杯の抵抗は、しかし次の瞬間、霧散してしまった。

ジェイクの片腕が、今度は下肢へと滑り落ちてきたからだ。

胸を揉みながら、泡だらけの素肌を撫で、和毛を越えて秘密の花園に差しかかる。

「あ、あ、あっ」

身体の奥がきゅんと甘く痺れ、いやでも嬌声が漏れ出てしまう。

「もっと聞かせて。視察中、君の声をずっと夢に見ていたんだ」

「そ、んなっ……あ、んんっ」

くちゅりと、下肢に伸びた手の辺りから水音が鳴った。ジェイクが花芽を捕らえたときにはもう、そこはすっかり湿り気を帯びていたのである。

「ああ、エレノーラ。俺が恋しかったんだね？」

「えっ」

（そうなのかしら？　寂しかったとは思うわ。玄関でお出迎えしたとき、密《ひそ》かに胎内が熱くなったことも覚えている……）

即答しないエレノーラにやきもきするジェイクだったが、それもまた一興とばかりにさらに手を奥に入れた。

「あ！　そ、それ以上はぁ……あ、あっ、きゃぁんっ」

うしろから伸びているジェイクの手が花びらを開き、蜜口を探り当てる。ちゃぷ、ちゅぷっといやらしい音が鳴るその入り口から、ずずっと中指を差し込んでいった。

「ん、んぅっ、うっ、ああっ」

「エレノーラ、温かい……君の中に、早く入りたい」

そこはもうすっかりとろけている。

ジェイクはうしろからエレノーラの耳を食んだ。

「あぅっ」

未知の感覚に、身体がほてっていく。

つうっと、いやらしく耳殻を舐められ、ぴくんぴくんと腰が跳ねてしまう。

「ジェイク、さま……も、ダメぇ……」

「ああ、俺もだ。もう我慢できそうにない——さあ、こっちにおいで？」

言われるがまま、エレノーラはジェイクに連れられ、湯船に入った。

心地よい温度の湯に浸《つ》かり、ほっとしたのも束の間のこと、ジェイクはエレノーラと向かい合う。

「このまま俺の上に座ってくれ」

「このまま……？　で、でも——」

透明の湯の中に、ぎんぎんに勃ち上がったジェイクの剛直がゆらゆらと揺らめいていた。

「大丈夫、怖くない。痛くないようにするから」

「は、はい……」

懇願され、エレノーラは頷くしかない。

言われた通り手をジェイクの首に巻きつけ、ゆっくりと腰を落としていった。

「あ、ああんっ、んんぅ——ひ、ぁあああ！」

上から陰茎を呑み込むと、最初に交わったときよりも深く入る気がする。調整するのも自分だから、途中でやめることもできたけれど、エレノーラは止められなかった。すべてを蜜孔が包み込んだときには、ものすごい圧迫感に襲われていた。

苦しい、だけどものすごく気持ちいい。

まだ二回目だというのに、すっかり膣がジェイクの形を覚えてしまったらしい。

ぴったりくる身体を動かし、ジェイクが下から攻めてきた。

「んふっ、あ、あっ、やっ、ああんっ」

腰を振るたびに、ぱちゃん、ぱちゃんと湯船が波立つ。

それがとてもいやらしく思えて、エレノーラはすでに赤い肌をますます赤くしていく。

「ああ、エレノーラ！　君は、本当に、最高、だ——！」

ぱしゃん、ぱしゃんという音に合わせ、ジェイクは目の前にあるエレノーラの乳首を吸い、さらに下から蜜壺《みつつぼ》を穿っていった。

「ああっ、や、んんぅっ、こ、んなっ、あ、やっ」

いやだと何度も口にするけれど、ただの喘《あえ》ぎ声《ごえ》にしかならない。それに本当にいやなのか、エレノーラにはもう判断がつかなかった。

「エレノーラ、こっちを向いて？」

熱に浮かされたようなジェイクの顔が間近に迫る。

気づけば熱く唇を求め合っていた。

「んんぅっ、んっ、むっ、ふぅっ、ううっ」

ちゅ、くちゅっと、波立つ音に、唇が合わさる音が混じっていく。

舌を伸ばして、絡めて、唾液を交じり合わせる。

最中、ジェイクがエレノーラの胸を揉み、快楽の源を増やした。唇、胸、股間と、感じるところすべてを攻められ、エレノーラは泣きそうになる。

(なんで、こんなに切ないの、かしら……! ジェイクさまが、とても、いとおしい!)

「エレノーラ、エレノーラ」

うわごとのように妻の名を呼びながら、彼女の腰を支え、上下に動かした。

エレノーラはされるがまま、いつの間にか自分から腰を振っていた。

「んふっ、あぅっ、奥、奥っ、あああっ、深いぃ」

「エレノーラ、俺の名を呼んでくれ、頼む」

激しい動きをし続けたせいか、息も絶え絶えにジェイクが言う。

エレノーラもまた荒い息を吐きながら、必死になって彼の名を口にした。

「ああ、ジェイクさまぁっ、ジェイクさまぁっ」

「なんて悦いんだ……! もう、もうそろそろ、高みに上りそうだ……っ」

ぱちゃぱちゃと、波立つ音が小刻みになっていく。

ジェイクが素早く腰を動かし、エレノーラの最奥にあるしこった部分を突いた。

「あああっ、そこ、そこはぁっ、ダメ、なんか、出ちゃうぅ!」

「いいよ、君のなら、なんでも歓迎だ。もっと、もっと感じてくれ」

「でも、でもぉっ」

何かが胎内から迫り上がっていく予感がする。まるで大きな波が打ち寄せられていくようだ。

「あ、ああっ、本当に、もう、ダメ――」

ひゅっと息を呑んだ次の瞬間、エレノーラはがくがくと腰を震わせる。膣内が蠕動《ぜんどう》運動を繰り返し、ジェイクの一物を締めつけた。そして、中へ中へと絞り取るように動く。

「くっ――そんなに、締めたら……！」

ジェイクも限界だったらしい。エレノーラが高みへ上り詰めたすぐあと、彼女の中で欲望を爆ぜさせた。どくどくと熱源を滾らせ、エレノーラの中に白濁を注ぎ込んでいく。

「あ、あ……」

初めての絶頂を経験したエレノーラは、くたりとジェイクにもたれかかった。

ジェイクはそんな彼女を抱き締める。

互いの呼吸が落ち着くまで、ふたりは湯船の中でずっと抱き合っていた。


翌日の昼、執務室に呼ばれたエレノーラはぱしぱしと目を瞬いた。

「え、休暇、ですか？」

「そうだ」

机の向こうのジェイクがにやりと笑い、椅子の上で長い足を組み直す。

「普段なら狩猟に行くところなんだが、俺は新婚だし、子供もいる。だからエレノーラやアンジェラの望みを叶《かな》えたい」

「そ、それはうれしいですが——でも、狩猟のほうは？　貴族階級の象徴ではありませんか」

アリンガム領でも父のダライアスはよく狩猟に出かけていた。

狩猟は大事な食料確保の手段でもあり、また、休暇を楽しむという以上に、社交や戦争の訓練、さらには貴族の特権や高貴さを競う場として重んじられている。

しかしジェイクは微笑みを消すことなく、エレノーラを手招いた。

エレノーラが机の前に来ると、ジェイクが身を乗り出して彼女の手を握る。

途端に頰が熱くなり、エレノーラは恥ずかしそうにうつむいた。

「それはそうだが、俺の休暇だ。好きに過ごしたい」

「ジェイクさま……」

エレノーラは感動して、にこにことこちらを見つめるジェイクと目を合わせる。

「この前俺が提案したことも含め、何かしたいことはあるか？」

「えっと——」

斜め上を仰いで思案すると、あれもこれもと妙案が浮かんできた。

(お散歩はどうかしら？　お弁当を持ったピクニックも素敵。いい季節だから川遊びもいいわね。自然に飽きたら、ウィルキンズ領の街並みを探索してみたいわ)

普段政務で忙しいジェイクと一緒にいられることがこんなにうれしいとは、考えるまで思いもしなかった。このことにエレノーラは、少なからず自分に衝撃を受けていた。

「その顔は、もしかしてうれしい？」

面白そうに言うジェイク。

エレノーラはかあっと顔を赤らめた。

「な、な、何を仰っているんですか！　私はただ、アンジェラが喜ぶと……！」

「はいはい、そういうことにしておくよ」

茶化すように片目を閉じるジェイクは、贔屓目《ひいきめ》に見なくてもかっこいい。

（いまさらだけど、この方と結婚できて私、本当によかったんだわ）

でも――と、エレノーラの表情が曇る。

（ウィルキンズ家の面々にはまだ気に入られていないわ。どうにかして、私とアンジェラを受け入れてもらわないといけないのに……）

「どうした？　今度は浮かない顔をして」

ジェイクが心配そうに聞いたので、エレノーラは意を決して胸中で考えていたことを口にした。

「ジェイクさま、それならばどうか私とアンジェラをいろいろなところにお連れください」

エレノーラは必死な形相で懇願する。

ジェイクは拍子抜けしたように笑った。

「最初からそうするつもりだが？」

「……すみません。大事な狩猟のときなのに、私たちに構わせてしまって」

「何言っているんだ、さっきから」

「実は――」

隠してもどうせばれることだし、これにはジェイクの協力が不可欠だ。そう覚悟したエレノーラは、彼に思いの丈をすべて話した。

使用人を始めウィルキンズ家の人間にまだ気に入られていないこと、より好かれるよう努力をしている最中だということ、そしてできればアンジェラに最高の教育を受けさせたいことなど、明らかにしていく。

ようやく最後まで言い終えたときには、ジェイクが腕を組んで考え込んでいた。

「あ、あの、ジェイクさま……」

まさか言い過ぎてしまったかと、さっと血の気が引く。

「ご、ごめんなさい。私ったら。バツイチ子持ち再婚のくせに、過大な望みを押しつけてしまうなんて」

「いや、そうではない」

ジェイクは一転、真面目な顔をしてエレノーラを見上げた。

「エレノーラ、すまなかったな」

「え――」

「俺は初婚で子供もいないから、そこまで考えが及ばなかった。反省している」

「そ、そんな！　ジェイクさまはっ」

「いいんだ、エレノーラ」

手を上げてエレノーラの言葉を制すと、ぎしりと椅子を鳴らして立ち上がる。そして、背後の窓を振り返り、外の様子を窺った。

「今日はいい天気だな」

「ええ、それは……で、でも、あの」

「どうだろう」

こちらを向き直り、ジェイクが言う。

「さっそく出かけないか？」

「いますぐ、ですか？」

「もちろん。こんな晴天に、外に出ないわけにはいかないだろう」

「っ！」

そんなジェイクの提案で、午後は庭に出ることになった——といっても広大なウィルキンズ伯爵邸だ、森も湖も川も存在しているから、それはれっきとした家族ピクニックだった。

午後にピクニックに行くと言ったら、アンジェラは大喜びした。いまは着ていく動きやすい服をレベッカと一緒に選んでいる最中だ。

その間エレノーラは調理場に赴き、エディーと一緒に弁当作りに励んでいた。

メニューは、エレノーラが粉から作ったパン、チーズ、手製のハム・ソーセージ、干し肉、ワインとミルクだ。

「エレノーラさまは本当に料理がお上手だ」

「またまた、やめてください。エディーさんには敵《かな》いませんから」

だからいつも食事の時間が楽しみだと続けると、エディーは心底喜んでくれる。自慢の顎髭を撫で、目元にしわを刻んだ。

「それに心優しい。屋敷の中にはまだ奥さまを認めていない者もいるが、わしや衣装室のサンドラなんかはとうに奥さまを受け入れているんですがね」

「ええ、ありがとうございます」

問題は執事のカルヴィンと侍女頭のコーデリアだと、エレノーラだけでなく口には出せないがエディーも思っているようだった。屋敷を主に管理するこのふたりがエレノーラたちを拒絶するようなら、事態はまったく変わらないことと同じなのだ。

(邸内での家族ピクニックと言っても側仕《そばづか》えは一緒なんだから、カルヴィンさんとコーデリアさんについてきてもらえるようジェイクさまにお願いしてみましょう)

「エディーさんもどうですか?」

でき上がった弁当を籐《とう》の籠に入れながら、コック長を誘う。

「いや、わしは夕食の準備があるんでね。ご家族で楽しんできてください」

「――あ、ありがとう！」

エレノーラはぽっと頬を染めた。他人に家族と言われ、なんだか照れてしまったからだ。

(アンジェラのためにも、本当の家族になれるように私ががんばらないとだわ)

一生懸命用意した弁当を、ジェイクは喜んでくれるだろうか。

アンジェラのことが常に念頭にあるエレノーラだったが、ジェイクの頭を占める割合が徐々に膨らんでいく。この気持ちに、エレノーラはまだ名前をつけられないでいた。


「ママー！」

わあっとこちらに手を振りながら、草っ原を走るアンジェラは元気いっぱいだ。蝶々やバッタを追いかけたり花を摘んだりと、とても楽しそうに見える。

「うしろを向きながら走っちゃダメよ！　転んでしまわないようにね！」

アリンガム男爵邸にいた頃のように娘を追いかけ回したくとも、外出用の高価なドレスとヒールの靴がそれを阻んだので、エレノーラは懸命に叫んだ。

すると隣を歩いていたジェイクが、すっとエレノーラの前に出る。

「俺に任せて？」

「で、ですが――」

迷惑はかけられないと思いためらうも、ジェイクはもうアンジェラのほうに走っていた。

アンジェラは鬼ごっこのつもりなのか、「きゃー!」とうれしい悲鳴を上げ逃げていく。

間もなくジェイクがアンジェラを捕らえ、彼女を抱き上げると、そのまま肩に乗せた。はしゃぐアンジェラの手をしっかり摑み、エレノーラに見えるよう振り返る。

「ママみて! たかい! とってもたかいの!」

高身長で体格のいいジェイクだからこそできる芸当だろう。これまでそんなひとは周囲にいなかったから、アンジェラは完全にジェイクの虜《とりこ》になってしまったようだ。ジェイクにもっともっととせがんでいる。

エレノーラはふたりに追いつくと、慌ててジェイクに謝罪した。

「す、すみません、ジェイクさま! アンジェラ、わがまましたらダメって言ったでしょう!」

「構わないよ」

興奮するアンジェラの下で、ジェイクが微笑む。

しかしエレノーラは、普段の多忙から疲れているであろうジェイクをわずらわせることにはらはらしていた。

「抱っこならママがするから!」

「や!」

あんなにママにべったりだったアンジェラがそっぽを向いて断固拒否すると、彼女はジェイクの頭を叩いてさらにせがむ。

「ねえ、このままあっち、かわのほうにいきたい！」

「いいよ。川辺で弁当にしよう」

「わーい！」

「あ、あ……も、もうっ」

さっさと向き直り、先に行ってしまうふたり。

エレノーラは急いで追いかけようとするも、ジェイクとアンジェラの姿はどんどん小さくなっていく。

はあっと、エレノーラは諦念の息をついた。

「まあ、しつけがなっていないこと」

うしろからつっけんどんに言われ、びくっとして振り返ると、そこにはコーデリアがいた。

今回のピクニックには、エレノーラとアンジェラ、ジェイク、側仕えとしてコーデリアがついてきている。

レベッカとアレックスは屋敷で留守番だ。

アレックスは特にジェイクと離れたがらなかったが、彼がいるとジェイクよりアンジェラのパパ代わりをしそうだったため、ジェイク自身が彼を置いてきたのだ。ほとんどない可能性だったが、腕の立つアレックスがいないため、男ひとりのジェイクはいま帯剣している。

コーデリアはなぜ自分が任命されたのかわかっていないようだったが、ついてきたからにはとでも言うように、びしびしとエレノーラをしごいた。

「旦那さまはお疲れの身です。奥方がそんな想像も働かないとは、情けない限りです」

「コーデリアさん……その、申し訳ございません」

その通りだったので、エレノーラは頭が上がらない。

「ですが、アンジェラはジェイクさまにとても懐いてくれているみたいで……」

「当然です。旦那さまにはそれだけの魅力がございますから」

「そ、そうですね」

つんと澄ました顔で、コーデリアはエレノーラの先を行く。

なんとかして彼女に認められたいと、エレノーラは慌ててあとを追いかけていった。

「ま、待ってください、コーデリアさん！」

「敬称は不要です。わたくしは一介の使用人ですから」

「いえ、尊敬できる方には皆さんに敬意を表します」

「…………」

コーデリアの目を見てきっぱり言いきるエレノーラに、彼女は驚いたらしい。目を丸く開き、何事かささやいた。

「……みたいですね」

「え、なんですか？　風の音で聞こえませんでした」

エレノーラの問いに、コーデリアはきつく吊り上げていた眉をわずかながらも緩める。

「マリアンヌさまみたいだと申し上げたのです」

「マリアンヌ？」

きょとんとするエレノーラに、「ジェイクさまのご母堂です」とコーデリアが言う。

両親は亡くなったとしか聞いていなかったので、もちろんエレノーラは話に引きつけられた。

過去を思い起こしているのか、遠い目をしたコーデリアの顔がいつの間にか優しくなっている。

「マリアンヌさまもあなたのように、ひとに貴賤《きせん》はないと仰るお方でございました。どんな職業の者にもお優しく、その者にしかできない仕事を労い、敬ってくださいました」

「そうなんですか……でも、それなら私はまだまだです。マリアンヌさまのようだなんて、恐れ多いですわ」

なぜ？と、コーデリアが不思議そうに聞く。

この答えにコーデリアとの関係がかかっているとは思いもせず、エレノーラは苦笑した。

「私なんて、アンジェラを受け入れてもらいたい一心で動いているに過ぎないからです。そんな崇高なこと、私にはとてもできません」

するとそれまで意地悪一辺倒だったコーデリアが、声を荒らげて断言する。

「何を仰っているのですか!?　あなたは使用人たちから敬愛されておられるのですよ！」

「まさか」

謙遜するエレノーラに、コーデリアはここ最近のエレノーラの行動を挙げていく。それはどれもアンジェラに繋がることには違いなかったけれど、エレノーラが本気でそれぞれの使用人と対等に接してきたことは、当の彼らがよくわかっていたらしい。

そして珍しく——というか初めて、コーデリアが笑みを浮かべた。

「わたくしはウィルキンズ伯爵家に勤めて最年長になります。女性では、ですが。長年マリアンヌさまにお仕えしてきたことで、すばらしい貴族像というものを存じております。あなたはそれにふさわしい。いろいろ申し訳ございませんでした」

「コーデリアさん……」

エレノーラは眉を下げ、深々と腰を折るコーデリアに首を振る。

「顔を上げてください。お願いがございます」

「なんなりと」

「どうかアンジェラも受け入れていただけませんか？」

コーデリアは川辺でジェイクと走り回るアンジェラを改めて見やった。

「わたくしは旦那さまがお認めになったのであれば、それに従う所存です」

たとえウィルキンズ家の血を引いていなくてもと、コーデリアは付け足す。

エレノーラは安堵《あんど》して詰めていた息を吐いた。

「ありがとうございます、コーデリアさん。これからもアンジェラに厳しくしてやってください。あの子には教育が足りていませんので」

「お任せください」

慇懃《いんぎん》無礼なコーデリアだったが、どうやらエレノーラたちへの態度は軟化しそうだ。ほっとしたところで、先に川辺に着いたジェイクとアンジェラがこちらに手を振っている。

「おーい、エレノーラ。早く昼食にしよう！」

「ママー！　ごはん、ごはん！」

無邪気なふたりの許に、エレノーラはコーデリアとともに向かった。


昼食もそこそこに、アンジェラは川の浅瀬に入り、水遊びを楽しんでいた。一緒に水に浸かっているのはなんとコーデリアだ。ジェイクの豪奢なコートやエレノーラの華美なドレスを濡らさないようにと、彼女自身が申し出た。

エレノーラとジェイクはというと、草むらに織物のシートを敷き、そこで食後のワインを楽しんでいる。

「あの堅物コーデリアをよく落としたな」

くくっと、ジェイクがグラスを傾けつつ喉で笑った。

落としたというわけでは……と、エレノーラは戸惑いながらも、アンジェラに合わせて水遊びするコーデリアに目を向ける。エプロンドレスの裾を濡らすことも構わず、アンジェラに笑顔で水をかけられているさまから、彼女がすでに愛娘を受け入れてくれたことが見て取れた。

「複雑だったとは思います。その……アンジェラはあなたさまのお子ではないので――」

申し訳なさそうに口をつぐむエレノーラ。

気まずそうにうつむいていたら、隣から手が伸びてくる。

「まだそんなことを言っているのか？　たとえアンジェラが悪魔の子でも、エレノーラが愛するというのであれば俺はそれに従おう」

ぎゅっと手を握りながら見つめられ、エレノーラの心臓がとくんと高鳴った。どことなく息が苦しくて、胸がきゅんと締めつけられる。

「ジェイクさま……」

何度礼を述べても、言葉だけでは足りない気がした。だからそれ以上口にできずにいたら、ジェイクがはしゃぐアンジェラに目を向けながら話し始める。

「あの子は君によく似ているな」

「でも、私の子では――」

「君の子さ」

うつむき加減だったエレノーラに、ジェイクはきっぱりと断言した。その真摯な眼差しに、エレノーラは吸い込まれそうになる。

「君に忠実であろうとするあの子は、本当にいい子だと思う」

「ジェイクさま……本当にありがとうございます」

何をいまさらと、ジェイクが苦笑した。

「だから俺はアンジェラを――」

「パパー!」

ジェイクの台詞を、アンジェラの大声が遮る。

エレノーラは驚いてアンジェラを見た。

アンジェラは他意なく、こちらに向けて大きく手を振っている。

おそるおそるジェイクに目を移したら、彼も驚きに目をみはっていた。

(ああ、きっとジェイクさま、ショックなんだわ。アンジェラにはよく言い聞かせないと)

「ア、アンジェ――」

「どうした? アンジェラ!」

エレノーラが注意するより早く、横のジェイクが返事する。

エレノーラはぎょっとしてジェイクを仰ぐも、彼は笑っていた。

「おさかな! ちっちゃなおさかな、いっぱいいるの!」

無意識なのか、ことの大きさにアンジェラは気づいていない。

「パパ、みて! みて!」

「わかった!」

促されるがまま、ジェイクはグラスを置いて立ち上がった。

「ジェ、ジェイクさま! 失礼しました! 本当に申し訳ございません……っ」

すがるように言うエレノーラ。

（パパだけれどパパと呼ぶには早すぎるわ。どうしよう、嫌われてしまったら――！）

しかしはらはらと心を乱しているのは、どうやらエレノーラひとりらしい。

ジェイクは微笑み、衣服が濡れることもいとわず、アンジェラを浅瀬から抱き上げた。今度は首に座らせ、肩車する。アンジェラの両足をしっかり持ち、ジェイクがこちらに帰ってくる。

エレノーラも立ち上がり、急いでアンジェラを迎えた。

「アンジェラ、下りなさい。これ以上ジェイクさまの衣装を濡らすことは――」

「いいじゃないか」

驚くことに止めたのはジェイク本人だ。

怒られそうになりしゅんとしていたアンジェラだったが、ジェイクの言葉に感動したようだ。パパ〜！と、甘えるモードに入っている。

「もう、アンジェラったら……すみません、重いでしょう？」

そこはさすがのジェイクも素直に頷くも、「これが子供なのか」と感慨深げに呟いた。

「さあさ、皆さま。そろそろ夕方になりますから、お屋敷に戻りましょう」

コーデリアが川から上がってきて、エプロンドレスの裾を絞りながら進言する。

同意するようジェイクが首肯した。

「そうだな。だいぶ日が傾いてきたし、服も濡れたから着替えも必要だしな」

「やー！　もっとあそぶ！　かわらたのしい！」

ジェイクの上のアンジェラが、珍しくわがままを言う。

彼が困ったようにエレノーラに最善の対応を求めた。

「アンジェラ、いけません」

エレノーラとて伊達《だて》に母親をやってきたわけではない。ここはきっちり締めるべきところだと、眉を吊り上げた。

するとアンジェラはおとなしくなり、自ら「おりる」と言って地面に降り立った。そしてエレノーラのところまでとぼとぼ歩いてくると、裾を引いて抱きついてくる。

「ママ、ごめんんね。おこらないでね」

エレノーラは優しい笑顔になり、しゃがみ込んでアンジェラを抱き締めた。

「わかってくれればいいのよ。さあ、お家に帰りましょうね」

ふたりは手を繋いで歩き出すが、アンジェラはうしろを振り返り、ジェイクに言う。

「またこられる?」

「もちろん。君が来たいときはいつでも、アンジェラ」

そんなジェイクの答えに、アンジェラはもちろんエレノーラも微笑んだ。

そしてさらに田舎のアリンガム領から来たふたりを喜ばせる言葉が続けられる。

「明日は街に行こう、いいね?　エレノーラ」

「街、ですか」

都会に出られるなんてうれしいと無意識のうちに顔に書かれていたのか、ジェイクがくくくっと面白そうに笑った。

「いいプランを練っておくよ」

「あ、ありがとうございます！　楽しみにしていますね。ねえ、アンジェラ？」

「うん！　パパ、ありがとう！」

エレノーラとアンジェラはにこにこと笑い合う。

そんな新しい家族ふたりを、心底いとおしそうにジェイクは見つめていた。


川遊びしたアンジェラがレベッカによって風呂に入れられている間、エレノーラは執事の補佐をする従僕を訪ねていた。明日、ネイトの上司に当たる執事のカルヴィンをどうやって誘ったらいいか相談にきたのだ。ジェイクに言うと命令することになってしまうため、エレノーラはできれば自ら頼みたい。コーデリアのときも直接彼女に告げていた。

「――なるほど。用件はわかりました」

まだ少年のネイトはうんうんと考え込む。

「ただカルヴィンさまは結構なお年ですし、使用人の中で一番の古株ですから、屋敷から離れるのは難しいかもしれません」

「そうですか……」

エレノーラは消沈した。

確かに邸内に執事がいなくなってしまったら管理が行き届かない気がするが、なんとかしてカルヴィンにも自分たちを認めてもらいたい。

「あ、でも！」

ぴんと閃《ひらめ》いたのか、ネイトが声を上げた。

「でも？」

きょとんとするエレノーラにネイトが続ける。

「主は老年のカルヴィンさま想いですから、杖《つえ》を買ってあげるなどを理由にして、ジェイクさまから言えばぜったいに行くはずです！」

「うーん、やっぱりジェイクさまのお力が必要なのね」

天を仰ぐエレノーラに、ネイトが「お力になりきれず申し訳ございません」と謝った。

「いいえ、ネイトさんもありがとうございます。ジェイクさまに相談してみようと思います」

「それがいいと思います。主もそのほうが喜ばれるかと」

「どうして？」

まだ子供のネイトがそこまでジェイクをわかっているのが不思議で尋ねたら、彼はにこっと邪気のない笑みを浮かべる。

「ジェイクさまは使用人皆に平等に接してくれています。あのひとに拾われなければ僕、野垂れ死んでいました。感謝と尊敬しかないんです」

（ジェイクさま、マリアンヌさまの血をしっかり受け継いでいらっしゃるのね）

エレノーラはそんな人間味のある相手と結婚できたことに、改めて感じ入るのだった。


こんこんとジェイクの私室をノックすると、中から誰何《すいか》する声が聞こえてきた。

「エレノーラです。ちょっとよろしいでしょうか？」

すると扉はすぐに開いたが、現れたジェイクの姿にエレノーラは赤面してしまう。

「ご、ごめんなさい！　お風呂だったのですね！　出直してきます！」

慌てて身を翻すエレノーラの腕を、しかしジェイクは摑んだ。

「上半身が裸なだけだろう？　それに何度も言うが俺たちは夫婦だ。何を戸惑うことがある？」

「そ、それは、そうですが……てっきり使用人の方が一緒だと思いましたので——」

「夜はひとりでゆっくりしたいんでね。それよりいい加減、こっちを向いてくれ」

おそるおそる振り返ると、上半身をあらわにして下半身のみにタオルを巻いたジェイクが不思議そうにこちらを見ている。風呂に入ったばかりのようで、髪は濡れており、肌は汗ばんでいた。

目がちかちかしてしまい、心臓はばくばくと音を立てている。

（確かに夫婦だけれど、あられもない姿を見るのはまだ恥ずかしいわ！）

そんな動揺を悟られないよう、エレノーラは腕を引かれるままジェイクの部屋に入った。

ソファを勧められ、エレノーラはおとなしく腰を下ろす。

向かいに座りながらも、ジェイクはぱたぱたと暑そうに手で自分をあおぐ。

「それで、なんだ？」

「あ、えっと――」

エレノーラはカルヴィンに認められたいこと、明日の外出にはぜひカルヴィンに同行してもらいたいことなどを告げた。

なるほどと、ジェイクが自分の顎を撫でる。

「わかった。俺から話しておこう。確かにそろそろ新しい杖でも買ってやらないとと思っていたからな」

いまの杖も十年前にジェイクがプレゼントしたものらしい。それならば確実についてきてくれるとジェイクは請け合った。

「ありがとうございます。では明日、よろしくお願いします」

それでは……と席を立ちかけたとき、しかしジェイクの腕が伸びてきて捕まる。

「ジエ、ジェイクさまっ」

かあっと顔を赤らめるエレノーラを抱き寄せ、ほてった頬にちゅっと唇をつけられる。

「んっ」

「ははは、ほっぺにキスしただけでそんな甘い声を出されると興奮するな」

「も、もう！　からかわないでください！」

「いいじゃないか」

ジェイクがささやき、今度はエレノーラの耳に息を吹きかけてくる。

「ふう、う」

そんな場合ではないのにと、エレノーラは涙目になる。

(本気でカルヴィンさんのことで悩んでるのに！)

ジェイクの膝に座らされていたが、彼の股間が硬くなっていることが臀部《でんぶ》から感じられてしまう。

(ど、どうしよう、こんな時間にこんなこと——！)

あわあわしていると、ドアをノックする音が聞こえた。

顔をしかめるジェイクとは対照的に、エレノーラはほっと息をつく。

「誰だ？」

ジェイクが半ばなげやりに聞くと、「アレックスです」と答えが返ってきた。

渋々エレノーラを解放し、ジェイクは立ち上がってドアに向かう。

「今日休んだからな。領主の仕事が溜まっているに違いない。あとは俺がサインすれば済む書類を持ってきてくれたんだろう」

「あ、あの！　そんな格好で出るんですか!?」

「ん？　何かおかしいか？」

きょとんとするジェイクは愕然としているエレノーラに気づかず、ドアを開けてアレックスと相対した。

(妻の私ならともかく、あんな姿をほかのひとにも見せるなんて……！　やっぱりアレックスさんと何かあるのかしら？)

不審に思うも、あいにく確かめる術《すべ》は持ち合わせていない。

と、アレックスは部屋の中にいるエレノーラに気づいたようだ。モノクル越しに、こちらに視線を送ってくる。

もやもやしながらも、エレノーラはぺこりと頭を下げた。

アレックスもまた同じように感じているのか、気まずそうに挨拶する。

「これはエレノーラ嬢、いえ奥さま、お邪魔してしまったようで申し訳ございません」

「い、いえ！　そんな、私など、どうかお気になさらず……！　お仕事のほうを優先なさってくださいっ」

なんとかそれだけ告げると、「気にするな」と言うジェイクを捨て置き、そそくさと部屋を出た。去りぎわ、アレックスと目が合い、エレノーラの胸のうちには複雑な想いがよぎっていた。

(本当にアレックスさんとの関係、あけすけだわ……私より特別なのかしら)

少なくない不安に苛まれる。

(ジェイクさまのアレックスさんへの態度は、家族に対するのと同じだわ。どうしてそこまで心を許しているの……？）

しかしとにかくいまはカルヴィンに認めてもらうことが先だと、エレノーラは無理やり思い直すのだった。

翌日の昼、ウィルキンズ伯爵夫妻とアンジェラ、そしてカルヴィンは馬車で街に出かけた。今回御者を務めた馬丁のロイドに礼を告げ、エレノーラたちは店が並ぶ通りに入っていく。今回もほかは留守番だったため、ジェイクは帯剣していた。しかし領内とはいえ、屋敷の外ではある。通りはさまざまなひとでいっぱいだ。さすがに危ないのではないかとジェイクに問うも、彼は笑って答えた。

「心配することはない、エレノーラ。剣の腕に自信がなければ、こんな少人数、しかも女子供と老人だけで街に出たりはしない」

「そんなに剣がお上手だなんて、初めて知りましたわ」

そっとジェイクの腰を窺うと、そこには長い鉄の剣が豪奢な鞘《さや》に収まっている。

「お前たちを守れるほどにはな」

ジェイクがにやりと笑ったから、エレノーラはその頼もしさに感嘆の息をつく。

「レベッカも武術には覚えがあるので、ふたりでよく出かけておりました」

「ほう、彼女も強いのか。まあ、アレックスにはなかなか敵わないだろうがな」

「……………」

ここでも留守番のアレックスの名前が出たことに、エレノーラはついもやもやしてしまう。そう言えばアレックスも普段、細身のレイピアを腰に吊っていることを思い出した。

「あの、ジェイクさまとアレックスさんは、どんな関係——」

「パパ！　あれ、あれ、ほしい！」

エレノーラの言葉を遮り、アンジェラが興奮した様子でジェイクの服を引っ張る。彼女の目線の先には、あらゆるフルーツを串刺しにした出店があった。

「こら、アンジェラ！　おねだりはいけません。はしたないわ」

母の注意に、しかしアンジェラは耳を傾けない。夢中で出店まで駆けていく。

「アンジェラ！」

急いで追いかけようとするエレノーラを制し、ジェイクは片目をつぶってみせた。

「ジェ、ジェイクさま……っ」

「アンジェラ！」

ジェイクが大股であとを追うと、すぐにアンジェラを捕まえる。彼女に何事か言い聞かせると、そのまま抱き上げ、出店の主人に話しかけた。

エレノーラはひとり、ほっとしてゆっくりと人々の間に見える彼らに近づいていく。しかしそこにしわがれた声がかかった。

「わがままな娘じゃのう。旦那さまのご苦労がしのばれますわい」

はっとして振り向くと、腰が曲がったカルヴィンが苦々しくこちらを見つめている。

「あんたもまたふしだらな女子じゃ。旦那さまはなぜにこんな親子に入れ込んだのか」

「カルヴィンさん……」

まったく自分たちを認めていない発言に、エレノーラの胸が痛んだ。

「あ、あの――」

「覚えておきなさい。旦那さまが許しても、わしもウィルキンズの家名も一生許しますまい」

「………」

のっけからの宣戦布告に、エレノーラはたじろぐしかない。

(まさかカルヴィンさんにこんなにも嫌われていただなんて……どうしたらいいのかしら)

「やれやれ、老人の扱いも満足にできんとはの」

カルヴィンは呆れた様子で、杖をつきながら歩いていく。

「わ、私の腕に摑まってください!」

慌てて腕を差し出すも、カルヴィンの眉間にしわが寄っただけであった。

(何が正解なの？　わからないわ！)

泣きそうなほどおろおろするエレノーラとつっけんどんなカルヴィンの許に、ジェイクとアンジェラが戻ってくる。

「大丈夫か、エレノーラ？」

目に涙が浮いていたからか、ジェイクが心配するも、エレノーラは首を横に振って「なんでもございません」と無理やり笑ってみせた。

するとアンジェラがぱたぱたと近づき、なんとカルヴィンに向けて出店で買ったらしいパイナップルの串を差し出す。

「おじいちゃん、これ、おいしそうよ」

カルヴィンは突然話しかけられて戸惑っているようだ。目を白黒させている。

返答がなくともアンジェラは構わないらしい。カルヴィンにパイナップル串を持たせようと、おもむろに杖を掴んだ。

「これ、アンジェラ、もってる」

「ア、アンジェラ……っ」

さすがにカルヴィンが不快に思うはずだと、エレノーラが娘を止めようとする。

けれどここでもジェイクがエレノーラを手で制し、見守ろうと言うようにウインクした。

するとカルヴィンは及び腰になりながらも、アンジェラに言われるがまま杖を離し、パイナップル串を受け取る。

「カルヴィン、俺の娘に何か言うことがあるだろう？」

ジェイクにそうたしなめられ、老執事はさすがに覚悟したらしい。こほんとひとつ咳払いをしたのち、アンジェラに向けて口を開いた。

「お、お嬢さま、ありがとう」

「どういたしまして！」

ぱっと笑顔になり、アンジェラはエレノーラの許に身を翻す。

「ママ、ママのも！　パパ、パパ！」

どうやらふたりはエレノーラの分もフルーツ串を買ってきてくれたようだ。こちらはリンゴ串だ。ジェイクとアンジェラはおそろいでオレンジ串を食べている。その姿は仲よしの親子に見えなくもなかった。

だからエレノーラの胸中はリンゴ串よりも、先ほどのジェイクの言葉でいっぱいだった。

(俺の娘……またそう仰ってくださったわ。ジェイクさまはそこまでアンジェラのことを受け入れてくださっている……ご自身の実子でもないのに……)

改めてジェイクの度量の大きさに感動して、オレンジの果汁がついたらしいアンジェラの頬をハンカチで拭う彼を見つめる。

「ほら、おてんば娘。あーあ、服にもつけちゃって」

「……ごめんなさい、パパ」

しゅんとしてうつむくアンジェラを、しかしジェイクは怒ることなく励ました。

「汚れなんてどうにかなるさ。これから新しいドレスを見立てよう。だからアンジェラ、元気を出せ」

「う、うんっ」

アンジェラが遠慮がちに笑い、ジェイクもつられて笑う。

そこに割って入ったのが、カルヴィンだった。

「旦那さま、よろしいでしょうか。恐れながら申し上げます」

「なんだ？」

厳《いか》めしいカルヴィンの表情に気圧《けお》され、ジェイクとアンジェラがごくりと喉を鳴らす。

エレノーラもまたリンゴ串どころではなく、はらはらして成り行きを見守っていた。

（カルヴィンさん、アンジェラにも私に言ったことと同じことを言うのかしら。でもそしたらアンジェラが傷つくわ……せっかくジェイクさまとうまくやれていたのに――）

だとしてもエレノーラには止められない。カルヴィンが言うように、自分たちはウィルキンズの家名を明らかに汚したのだから。再び涙目になるエレノーラ。

「いったいどうしたんだ、カルヴィン？」

ジェイクが詰め寄ると、カルヴィンは意を決したようにアンジェラに目を移した。

「……お嬢さま、これはとてもおいしい」

「――！」

全員が唖然として、カルヴィンとアンジェラを見つめる。

カルヴィンはパイナップル串を半分ほどまで食べ終えたのち、アンジェラに向けて目元を和ませるのであった。

「おじいちゃん！」

アンジェラもまた目を細めて微笑む。

「アンジェラのオレンジもおいしいよ。こっちもたべて！」

「おやおや」

食の細いカルヴィンは困っているようだが、どこかうれしそうだ。

パイナップル串とオレンジ串を仲よく交換するふたりを見ながら、ジェイクがエレノーラに耳打ちしてきた。

「どうやらうまくいきそうだな？」

「そ、そうでしょうか……ご迷惑じゃ――」

「まさか！」

ジェイクが声を潜める。

「カルヴィンは戦争で息子を早くになくしているのさ。アンジェラがあまりに無垢《むく》だから、さすがの頑固じいさんも邪険にできなくなったらしい」

くくっと楽しそうに笑うジェイクは、いたずらした子供みたいだ。カルヴィンにも全幅の信頼を置いているのだろう。もしかしたら祖父代わりだったのかもしれない。

「ダメ押しに杖を買って、エレノーラ、君が渡せば、きっとうまくいくはずだ」

「は、はい。がんばりますわ」

ジェイクに促されるがまま、エレノーラは大役を仰せつかってしまった。

洋服店でアンジェラがジェイクとカルヴィンに付き添われ、新しいドレスを見立ててもらっている間、エレノーラはひとりこっそりと杖店に赴いて新しい杖を購入した。樫《かし》でできており、持ち手のところに銀色の装飾がついたものに決める。古くさすぎず華美すぎない、上品なものだ。

洋服店から新しいドレスを身につけたアンジェラが出てくると、彼女はエレノーラを見つけて「ママー！」と駆けつけた。

「どう？　にあう？」

飛びついてくるアンジェラの頭を撫で、あとから出てきたジェイクに礼を言う。

「ジェイクさま、すみません。ありがとうございました」

「何を言ってるんだ、当然のことだろう？」

しかしエレノーラは申し訳なさそうに言葉を継いだ。

「屋敷のクローゼットにもすでにたくさんドレスがありますのに――」

「エレノーラ、ここは俺の領地の街だ」

「え、ええ」

きょとんとするエレノーラ。

ジェイクが苦笑する。

「視察に来たら必ず街で何か買うようにしている。それが領民のためでもあるからな」

今日はプライベートだが……と続けた。

（アリンガム領では考えられないことだわ。領主が貧しかったのだから仕方ないけれど）

考え込むエレノーラに、ジェイクがこそっと話しかけてくる。

「で、杖は買えたんだな？」

「あ、はい」

エレノーラははっとして、身体のうしろに隠している杖を見せた。

「おお、これはまた渋いデザインだな。カルヴィンも気に入るだろう」

くだんのカルヴィンは洋服店で精算してきたところで、ようやくこちらに向かってくる。

「カルヴィンさん！」

エレノーラはジェイクに言われる前に、カルヴィンに話しかけた。

三人のところまでやってきたカルヴィンに、さっそく買ったばかりの杖を渡す。

「おお、これは……！」

カルヴィンは大きく目を見開き、白い眉毛を揺らした。

エレノーラがどきどきとしながら、彼の反応を待つ。

新しい杖を触ったり見たりと、カルヴィンのほうは余念がない。

「おじいちゃん、すてき！」

アンジェラが横から杖を褒めたら、カルヴィンは我に返ったように目をしばたたいた。

「本当に素敵で……これを、奥さまが？」

カルヴィンが訝しげにエレノーラを見上げる。

エレノーラは心臓の鼓動を速めるも、「はい」と頷いた。

しばらくの沈黙を挟んだのち、カルヴィンが深い息をつく。

(も、もしかして気に入ってもらえなかったのかしら!?)

心の中で戸惑っていると、ジェイクが助け船を出した。

「カルヴィン、そろそろ素直になったらどうだ？　誰も責めないから」

「旦那さま……！」

べ、別に頑固になど——と言いかけ、その通りだったカルヴィンはわずかに頬を紅潮させる。それから改めてエレノーラを見やった。

「奥さま、とても素敵なお品をありがとうございます。わしなどのために選ぶ時間を作ってくださるとは……先代を思い出しますなあ」

「カルヴィン……」

ジェイクが言葉に詰まる。

アンジェラが邪気なく聞いた。

「せんだい？」

「そう、亡くなった前の旦那さまですぞ。ジェイクさまのお父上です。生涯、妻のマリアンヌさまだけを愛し通したお方です」

ジェイクの父——ジェラードは英知に優れており、公明正大、領民からの信頼や支持も厚く、社交界では女性から引く手あまただったという。けれど彼は正妻のマリアンヌのみを愛し、愛人を作らなかったことから、領地の中では彼ら夫婦はおとぎ話のように語り継がれていた。おかげで体調の悪いマリアンヌは子宝になかなか恵まれず、やっとの思いでジェイクとロレッタを授かったが、男子はそれ以上は難しかった。

跡継ぎがたったひとりという窮地に、カルヴィンは相当胸を痛めていたらしい。もしジェイクに何かあったらと、屋敷の者や親戚一同、気が気でなかった。そんな周囲の心配も撥《は》ね除《の》け、ジェラードによく似た好青年に育ったジェイクもまた、彼の父がそうだったように、たったひとりの女性を愛することになる。

カルヴィンはそれが先代の二の舞になることを過剰に危惧していたのだが、今日、いままさにエレノーラやアンジェラ、そして主であるジェイクの心に触れ、考えを変えたようだ。

「奥さま、このカルヴィンめがこれまで失礼をいたしました」

「い、いえ！　そんなっ、謝らないでください！　当然のことですから！」

しかしカルヴィンは恭しく主君に対する礼を取った。

「先代に仕えていたときも心配し通しで、また同じことになるのではないかと怖かったのです。しかしあなたなら、エレノーラさま。ジェイクさまの生涯の希望となりましょう」

「カルヴィンさん……」

感極まって、エレノーラの双眸が涙で滲《にじ》む。

それからカルヴィンは微笑み、アンジェラに目を向けた。

「お嬢さまも素直でよい子じゃ。どうやらわしはいろいろ勘違いしていたらしいのう」

「カルヴィン、わかってくれてよかった」

ジェイクが安堵したように息をつく。

「俺はエレノーラを愛している。生涯、彼女だけを愛すると誓っているんだ。もちろんアンジェラのことも」

エレノーラと名を呼ばれ、彼女はジェイクと向き合った。

「今日は楽しかったかい？」

「え、ええ！　もちろんです。せっかくのお休みを私たちのために使ってくださってありがとうございました」

そう言いながらも、心のうちではジェイクの愛の誓いでいっぱいだ。

(ジェイクさまと結婚して、本当によかったんだわ。私もアンジェラもこれでようやく幸せになれる)

「何を言っているんだ。愛する君たちに尽くすのは、夫として父として当然だろう」

「ジェイクさま……」

「パパ」

アンジェラも幼いながら感銘を受けたのか、ジェイクに腕を伸ばして抱っこを求めた。

ジェイクは笑顔で承諾すると、アンジェラを抱き上げる。

歩き始めた彼らのあとを追うエレノーラ。カルヴィンの歩調に合わせ、愛想がよくなった彼としゃべりながら、エレノーラは障害のなくなった未来に思いを馳《は》せるのであった。

その夜、アンジェラを寝かしつけたところで、エレノーラの部屋にジェイクが訪れた。

「アンジェラは？」

開口一番そう聞かれ、エレノーラはつい苦笑してしまう。

「私よりもアンジェラが一番なのですね」

「そういう意味じゃないぞ！」

しかしジェイクは動揺している。どうやら思っていた以上に、彼はアンジェラをかわいがってくれているらしい。

「俺はエレノーラのことを――」

「わかっておりますわ」

エレノーラは目を細め、そっと照れて立ち尽くしたままのジェイクの手を取った。

「この二日、ジェイクさまと一日中一緒に過ごせてとても楽しかったです。アンジェラも同じです。私たちを受け入れてくださって、本当にありがとうございました」

「エレノーラ……」

眉を下げ、ジェイクはいとおしそうにエレノーラの髪に触れる。

「当たり前じゃないか。俺の大事な家族だ」

「ジェイクさま……」

上目遣いで見つめていたからか、急に彼の唇が迫る。

ちゅっと音を立て、口づけされた。

「ん――」

唇を合わせるだけのキスに、エレノーラはついものほしそうに見上げてしまう。

「そんな顔をするな。俺だって我慢できなくなる」

「え、そ、そんなつもりじゃ……！」

慌てて否定しようとするも、情欲の灯火がすっかりふたりに宿ってしまっていた。

「レベッカは？」

「アンジェラと一緒に寝室です」

「そうか」

わずかに落胆した様子でジェイクが言う。けれど直後に何か閃いたようで、エレノーラの手を取って室内を横切っていく。

「ジェ、ジェイクさま？」

戸惑うエレノーラを連れ、ジェイクはベランダに出た。中庭を見渡せる、静かな場所だ。いまは暗いのでわからないが、昼間なら咲き乱れる花々を見ることができる。

「あ、あの、ジェイクさま、いったい――」

言いかけたエレノーラの唇を、ジェイクが再び奪った。

「ん、ぅ」

今度は舌を差し入れられ、エレノーラは甘く淫らに腰をくねらせる。

「ふ、ぁ、は……んん」

つうっと唾液の糸が繋がれた状態で、ジェイクがささやいた。

「ここなら誰にも見つからない。何をしても、だ」

「こ、こんなところで!?」

「いやか?」

羞恥からぎょっとするエレノーラだったが、互いを求めているのはジェイクと同じだったから、頬を朱に染めつつも次の瞬間にはこくりと頷いていた。

「アンジェラが起きないためなら……」

「決まりだ」

にやりと、ジェイクが口角を上げる。それからエレノーラの顎を持ち上げ、上向かせると、再び口づけてきた。

「んぅうっ」

くちゅ、くちゅっと舌で唾液をかき混ぜたせいで、口角からこぼれているのはもうどちらのものかもわからない。夢中になって唇を吸い合った。

ジェイクの手が、立ったままのエレノーラの胸元に滑り下りる。

「あっ……そこ、は、あっ」

ふっくらとした膨らみをドレス越しに撫で、五指を使ってゆるゆると揉んでいった。

じいんとした疼きが身体中を駆け抜け、下肢に熱がこもる。

「エレノーラ……」

「ああ、ジェイクさま」

ジェイクがするりとドレスを引き下ろすと、エレノーラの豊満な乳房がまろび出た。そこをじかに手で揉みながら、尖っていく先端を口に含む。

「あぅっ、や、そこ、あっ、んん」

じゅっと音を立てて吸われ、ぴくぴくと身体が反応してしまう。

「そ、そんなに強く吸ったら、あ、おかしく、なっちゃうっ」

「なってほしい。俺を、俺だけを感じてほしい」

「ジェイクさ、まっ」

切なげに眉を下げ、ジェイクの愛撫に感じるエレノーラ。

立ったまま、それも外での行為は背徳的で、ふたりのボルテージが次第に高まっていく。

「エレノーラ、ドレスの裾を持ち上げて？」

「え？　あ、はい」

裾を持ち上げたら、ジェイクはなんとスカートの中に入ってきた。

「きゃっ」

「しー！　静かに！」

思わず悲鳴を上げたら、ジェイクに注意されてしまう。

（そうだわ。外とは言え、壁一枚向こうではアンジェラとレベッカが寝ているんだもの。気をつけないと――！）

「で、でも、こんなの恥ずかしいですっ」

赤面するエレノーラに構わず、ジェイクはドロワーズの上から秘部に手を這わせた。

「ひ、ぃ、あんっ」

「もうこんなになって……」

声がくぐもっていたが、エレノーラにもそれが意味するところはわかった。

「は、恥ずかしいっ」

ぐっと足を閉じようとするも、ジェイクが身体を割り込ませているので叶わない。

ジェイクはスカートの中に潜った状態で、エレノーラのドロワーズを引き下ろした。

「あ、ああっ」

ひんやりと夜気が流れこんできて、無防備な恥丘がさらされる。しかし寒さを感じたのは一瞬のことで、次の瞬間にはもう嬌声を上げていた。

「やぁ、あっ」

ジェイクが手を使って、エレノーラの大事な部分を攻めている。和毛をかき分け、丸い突起を指の腹で押し回しながら、膣孔に指を挿入していた。

「んんぅっ、はぁん、あ、やっ、ん、ああ」

じゅくじゅくと水音が増していき、ついには地面にまでこぼれ落ちていく。

「どんどん出てくるよ、エレノーラ」

「は、あっ……そ、んなこと、言わない、でぇ」

子宮の奥が、つきんつきんと甘い疼きを訴えていた。ほしいのは指ではないと言っているみたいだ。こんな感覚に陥ったのが初めてだったから、エレノーラは自身の身体の変化に戸惑う。

「片足を俺の肩に乗せて？」

「は、はいぃ」

言われるがまま、片足をジェイクの肩にかけた。

するとジェイクが開かれた花弁に口を近づけ、舌を伸ばして舐め始める。

「やぁっ、そ、そんなとこ、き、汚いわ」

「そんなわけないだろう」

ずずっと、いやらしい音を立てて愛液を吸っているジェイク。

エレノーラは恥辱のあまり、顔が真っ赤になっていた。

ジェイクはぷっくりと膨れた秘密の玉を吸ったり甘噛みしたり、焦らすように舐める。

それがどうしようもない快感を生み、エレノーラの腰はがくがくと震えてきた。

「も、もう――っ」

言うや否や、ジェイクにくたりと身体をもたせかける。

「立っていられない？」

「こ、腰が、砕けてしまいそうで……っ」

あまりの悦楽に、という言葉をあえてつけなかったが、ジェイクには伝わったようだ。

「わかった。俺ももう我慢できそうにない」

ジェイクはエレノーラをもう一度立たせると、自らはトラウザーズの前をくつろげ始めた。

ぬっと現れた剛直は腹につきそうなほど反り返り、どくどくと脈打っている。

「………」

まだ見慣れていなかったが、エレノーラはジェイクの分身を前に、ごくっと息を呑んだ。

それからそっと手を伸ばし、太く硬い彼の一物に触れる。

「あっ」

くっと眉根を寄せ、ジェイクがぴくんと動いた。

(やっぱり男のひとも大事な部分を触られると気持ちがいいんだわ)

好奇心から、エレノーラの攻撃が続く。手の平で肉棒を包み込み、上下に擦ってみた。

「エ、エレノーラっ、そ、それはっ」

ジェイクは動揺に眉をひそめる。こんなに性行為に積極的なエレノーラを見たことがなかったからだ。

エレノーラもまた自分に驚いていた。

(いつも私が気持ちよくなってばかりだもの、ジェイクさまにもそうなってもらいたいわ)

ジェイクはいつも口を使うから……と、エレノーラは跪く。

「エ、エレノーラ、いいんだ、そんなことしなくとも！」

しかしエレノーラはジェイクの制止も聞かず、彼の一物を握ると、先端を口に含んだ。

「う、ぁ」

ジェイクが呻く。

そんな反応からエレノーラはこれは合っているんだと、懸命に熱塊を呑み込んでいった。

「ふ、う」

初めての行為は慣れないせいで、息がしづらい。

けれど唾液を溜めた口内でしごくと、ジェイクのものはますます大きくなっていくのだ。

ぐっぽ、ぐっぽと淫らな音を立て、エレノーラは肉棒を出したり入れたりしていた。

「ああ、いいよ、エレノーラっ」

感慨深そうに呟き、感嘆のため息をつくジェイク。

エレノーラはうれしくなり、口を窄《すぼ》めると、傘の部分をじゅっと吸う。

「あっ」

いよいよ耐えられなくなったのか、ジェイクが腰を上下に動かし始めた。

「んむっ」

エレノーラの口の中で、ジェイクの息子が暴れ回る。

「ふぅうっ」

喉の奥を突かれ、エレノーラは涙目になった。

それに気づいたジェイクが、慌ててエレノーラの頭を押さえ、そのまま引き剝がす。

「す、すまない！　エレノーラ、つい夢中になってしまって――」

「いえ、いいんです」

エレノーラは喉の違和感にこほこほと咳《せ》き込《こ》みながらも、ふわりと笑った。

「ジェイクさまが気持ちよくなってくれるのが、とてもうれしかったです。私でもお役に立てるんだなって」

「何言っているんだ」

ジェイクがエレノーラの頭を撫でる。

「君はいるだけでいいんだ。わかっているだろう？　まだ俺の愛が伝わらないか？」

「ジェイクさま……」

伴侶の言葉がうれしくて、また泣きそうになるエレノーラ。

ジェイクは手を差し出し、エレノーラを立たせた。

向かい合い、何度目かのキスをする。

充分に互いの唇を吸ったあと、顔を離した。

「もう限界だ。ひとつになりたい」

「はい、ジェイクさま。私も」

熱っぽい視線を交わし、ジェイクは微笑む。

「うしろを向いて？　そこの柵に寄りかかるんだ」

「はい」

言われた通りうしろを向いて柵に寄りかかると、ジェイクがエレノーラのドレスの裾を臀部までまくり上げた。

「ひぁっ!?」

驚くエレノーラだったが、濡れた陰唇は期待にひくひくとうごめいている。

ジェイクは自らを持ち上げ、うしろから蜜口に先端を押し当てた。それからぐっと、腰を入れる。

「ううっ、ん!」

ずぷりと、傘の部分が呑み込まれ、エレノーラの身体が期待に震えた。

「あ、あああっ」

長く太い陰茎は、ぎちぎちと隘路《あいろ》をかき分け、奥を目指して進んでいく。最後まで入ったとき、エレノーラの中は圧迫感でいっぱいだった。

「ふぅ、んっ」

満足げな吐息をつくも、うしろから攻められているため、ジェイクの顔が見えない。ジェイクが次に何をするのかわからないから、想像力が鍛えられ、余計に心に火をつけられた。

「ああ、はっ」

「エレノーラ……!」

艶っぽく自分の名を呼ばれ、わななくエレノーラ。

ジェイクはがつがつと蜜孔を穿ち、蜜壺に先端をごりごりと突き当てていく。

「ああ、エレノーラ、君は最高だっ……君は悦いっ」

「んんぅっ、は、あっ、んぁっ、あっ」

外というシチュエーションで興奮しているのか、ジェイクの動きは容赦ない。

ずっくずっくと突き入れられるたびに、蜜が周囲に飛び散った。

助けを求めるように空を見上げれば、満天の星が広がっている。美しくきらめく夜空の下でこんな淫らな行為に興じていることが冒瀆《ぼうとく》にも感じられ、エレノーラはさらに燃えた。だからか、もう絶頂の予感がした。

「あ、ジェ、ジェイク、さま、わ、私、も、もう——」

「君もか、はあはあっ、俺もだ」

ジェイクはさらに腰の動きを速くする。

「ああっ、ダメぇ、そんなにしちゃ、ダメぇ、いっちゃう、いっちゃう」

声量を抑えつつ、エレノーラは限界であることを訴える。

ジェイクはわかったとばかりに、エレノーラが一番感じる奥のしこった部分を突き上げた。そこを重点的に攻めていく。

「きゃぁっんっ」

やがてどくっと熱い奔流に呑まれ、エレノーラは最高潮に達した。

「あああっ、気持ち、いい、ああ……」

力が抜けていくエレノーラの尻を掴み、ジェイクは最後の仕上げとばかりに腰を振る。

「んっ、苦しっ、あ、あんっ」

「いく、いくよ、エレノーラっ」

「はあ、あ、きて、きてくだ、さいっ」

瞬間、最奥まで入れたジェイクのものから、びゅくびゅくと精子が飛び出した。白濁は子宮口の中に注がれ、最後の残滓に至るまでジェイクは自身を入れたまま動かない。

熱い飛沫《ひまつ》をじかに感じて、エレノーラはくたりと柵にもたれた。

うしろから、ジェイクが抱き締めてくる。

「ああ、エレノーラ……君だけだ。生涯、君だけを愛すると誓おう」

「ジェイクさま……っ、私もお誓い申し上げます。あなたさまだけが、私たちの希望です」

ふたりは繋がったまま、愛を確かめ合ったのだった。

四章　新しい家族に迫る誘拐事件

ウィルキンズ伯爵邸の中庭で、エレノーラは幸せを噛み締めていた。目の前では、アンジェラがジェイクと遊んでいる。手を繋いで咲き乱れる花々を見たり、肩車してぐるぐると回ったりして、気づけばアンジェラとジェイクはすっかり仲よくなっていたのだった。

「平和ですね」

東屋《あずまや》で午後のお茶を楽しんでいたエレノーラに、横に立つアレックスが言う。

給仕するレベッカもまた、彼に同調するように頷いた。

「エレノーラさま、本当によかったです」

レベッカはエレノーラと苦労をともにしてきた仲だったから、万感の思いでいっぱいらしい。きゃっきゃとはしゃぐアンジェラに目を細め、うれしそうに息をつく。

「そうね、私には過ぎた願いだと思っていたけれど……」

(アンジェラにパパができて、あの子、あんなにも喜んでいる。やっぱりいままで母親ひとりでつらい思いをさせてしまっていたんだわ)

アンジェラがジェイクに抱っこをねだり、彼は希望通りに抱え上げた。そしてこちらを見つめるエレノーラに向け、大きく手を振ってくる。

「ママー！」

エレノーラは微笑み、手を振り返した。

するとジェイクがエレノーラに熱い視線を送る。

アレックスとレベッカの前で恥ずかしかったけれど、エレノーラはジェイクにも遠慮がちに手を振った。

ジェイクはうれしかったようだ。「今度は高い高いだ！」とアンジェラをさらに喜ばせる。

主のそんな姿に、アレックスはぽつりと呟いた。

「エレノーラさまのおかげで、ジェイクさまも毎日楽しいようです。ぜんぜん過ぎた願いなどではありませんよ。これが最良の家族の形なのではないでしょうか」

「アレックスさん……」

(ジェイクさまを見る目、羨望の眼差しだわ。アレックスさんのほうも複雑なんじゃないかしら？　私のせいでジェイクさまとの関係が引き裂かれることになったんだもの)

ジェイクは自分を抱いた。だから同性愛者ではないと思う。けれどバイセクシャルの可能性はある。男女どちらにも性愛感情が向くバイセクシャルなのかもしれない。

エレノーラは突飛すぎるそんな考えを、レベッカどころか誰にも相談できずにいた。

「家族として認めてくださるのですか？」

だからついそんなふうに尋ねたら、アレックスが不思議そうに首を傾げる。

「もちろんです。アンジェラさまがジェイクさまの実子でなかったとしても、ジェイクさまにとってはもう娘も同然ですから」

「……ええ、アンジェラは、そう、ですね」

では……と、エレノーラはおそるおそるアレックスを振り仰いだ。

「でも、私は？」

「エレノーラさまは？」

目を瞬かせるアレックスだったが、すぐに肯定の意味で頭を下げる。

「ご結婚された、立派なご夫妻です。エレノーラさまはジェイクさまの奥さまなのですから」

「………………」

なんのほころびもない返答に、エレノーラは押し黙った。

(私の疑惑はやっぱり思い過ごし？　何も心配することなんてないの？)

不可解な主の様子に、レベッカが口を挟む。

「エレノーラさま？　先ほどからご様子が少し変ですが、どうかなさったのですか？」

「い、いいえ、レベッカ。なんでもないの――」

「なんでもないことはありません！　このわたくしをそんな嘘でごまかせるとお思いですか？」

「レベッカ……」

幼い頃から一緒だったレベッカにはわかってしまうらしい。しかしこの隠しごとを公にするにはまだためらいがあった。最悪の事態に陥る可能性を否定できずにいたからだ。

（公にしてジェイクさまとアレックスさんの関係が主従以上になったら、また離縁されてアンジェラにつらい思いをさせてしまうかもしれないもの）

それだけは避けたかったので、エレノーラはやはり本心を口にできない。

「本当になんでもないの。ただ幸せ過ぎて――」

「エレノーラさま……」

エレノーラの答えを聞いて、レベッカは感嘆のため息を漏らした。

己の侍女に主の幸せを心から祝福されていると、喉が渇いたのかジェイクとアンジェラが東屋に戻ってくる。ジェイクはわずかに息を切らせていた。

「はあ、アンジェラは元気過ぎるな」

「ごめんなさい、ジェイクさま。アンジェラがわがまま言わないよう、よく言い含めますわ」

エレノーラが紅茶のカップをジェイクに渡して謝るも、彼は受け取りながらも「何を言っているんだ！」と驚く。

「子供の頃はどんなわがままをしても許される。そこが子供の美徳ではないか」

「まあ！　そんなことアンジェラには言わないでくださいね」

どうやらジェイクは子供に甘いらしい。貴族教育やしつけはアンジェラのためにも厳しくしたいと思っているエレノーラだったから、ジェイクをたしなめた。

「ママ、あたし、もうきいちゃったの！」

レベッカが差し出した紅茶を飲み干したアンジェラはご機嫌だ。いたずらっぽい顔をして、エレノーラに抱きついてくる。

もうっとエレノーラは結局、小悪魔的なアンジェラを叱ることもできない。彼女の柔らかな髪を撫で、精一杯甘えさせてあげることに努めた。

するとジェイクが意地悪な笑みを浮かべて質問をしてくる。

「アンジェラ、パパとママ、どっちが好きだ？」

「ジェイクさまったら！」

この子が困るから……と、続ける前に、アンジェラから声が上がった。

「パパ！」

ぎょっとするエレノーラから離れ、アンジェラがジェイクの手を取る。

（やっぱりパパの存在って、子供にとって大事なんだわ。母親なんて怒るのが仕事だから、嫌われて当然よね）

それでも生まれて間もないときからシングルマザーとして育ててきた大事な娘だ。少しぐらい返答に窮してほしかったと、エレノーラはがっくりとうなだれた。

そんなエレノーラの手を、アンジェラはためらいなく取った。右手にジェイク、左手にエレノーラ、真ん中に自身を収め、にっこりと笑う。

「ママはね、でんどういりだから！」

「殿堂入り？」

誰もが唖然とする中、面白そうに笑ったのはアレックスだ。

「あっはっは、ジェイクさま、殿堂入りにはとても敵いませんね！」

するとエレノーラを残し、全員が噴き出して笑った。

「アンジェラ、君は本当に母想いだな」

「アンジェラさま、わたくし感動してしまいました」

皆の反応に気をよくしたアンジェラだったが、肝心の母親がきょとんとしているので、急かすようにエレノーラのドレスの裾を引っ張る。

「ママ、いやなの？」

少々不安げな顔で見上げると、エレノーラはようやく我に返って目元を和ませた。

「アンジェラ……」

それからぎゅうっと、アンジェラを強く抱き締める。

「ママ、うれしいわ。ママにとってもあなたは殿堂入りよ」

「ママ……っ」

血は繋がらないが真の親子の姿に皆がしんみりとしていたとき、中庭に走ってくる何者かの足音が聞こえてきた。

全員がそちらに顔を向けると、門番がやってくるところだった。

「旦那さま！　大変ですっ」

はあはあと肩で息をしながら、門番のテッドは来客を告げる。

「約束はないとのことだったので門に留《とど》めておりますが、いまにも武力にものを言わせて入ってきそうで——!」

「武力?」

穏やかではないその単語に、ジェイクの眉根が寄せられた。

ジェイクはテッドにいったい誰が来たのか確認しようとするも、慌てている彼の答えは用をなさない。とにかく来てほしいの一点張りだ。

「うちの兵たちは……」

「主だった者たちは訓練のため登城しておりますね」

すかさず入るアレックスからの情報に、「そうだった」とジェイクは顔をしかめる。

「俺自ら行く必要があるな」

「お供します」

そうしてジェイクとアレックスは、不安げな表情の女三人を残し、テッドの案内で門に向かってしまう。

「ジェイクさま!」

どこか強張《こわば》っているようなジェイクの背中に声をかけると、彼は振り返って微笑む。

「心配ない、エレノーラ。君たちは部屋にいなさい」

承知を表して、エレノーラはこくんと頷く。でも何が起こるのか、とても気がかりだった。

なぜかいやな予感がするのだ。こんな幸せはやはり分不相応なのだと、神さまが言っているのかもしれない。不安ばかりが募る。

レベッカが気を取り直してエレノーラに声をかけた。

「エレノーラさま、大丈夫ですよ。さあ、アンジェラさまも。一緒に部屋に戻りましょう」

「え、ええ……」

「ママ？」

眉をハの字にして、アンジェラは母親を案じる。

愛娘を不安にさせてはいけないと、エレノーラは精一杯笑顔を繕い、レベッカとともに中庭を出た。

＊　＊　＊

テッドの案内に従い、ジェイクはアレックスとともに門までやってくる。高い鉄柵の向こうは騒がしく、屋敷の衛兵と来客が何事か揉めているようだ。

門は開けずに衛兵が使う小さな扉を使い、ジェイクたちは門の外に出た。

「旦那さま!?　この者どもが！」

どこかの武装兵と格闘するウィルキンズ邸の衛兵たちの姿が目に入る。

「おい、我が屋敷の前で無礼であろう。いったい何者なんだ？」

見たことのある紋章が入った馬車に問うと、従者とおぼしき男が恭しく扉を開けた。

相手が出てくる前に、アレックスがジェイクにすばやく耳打ちする。

「サンドフォード子爵家の紋章です」

「モーリス？」

訝しげに眉間にしわを寄せたところで、馬車からは男が降りてきた。鳶色の髪に緑の瞳を持つ彼は、痩せぎすで矮小《わいしょう》な自分を疎ましく思っているようで、身の丈に合わないサイズの上着と靴を身につけている。ジェイクを前に、目を細めて両手を広げた。

「お久しぶりですね、ウィルキンズ伯爵！」

「……モーリスか。久しいな」

アレックスが紋章を当てた通り、来客はサンドフォード子爵モーリスだった。

(エレノーラの元旦那、か。何もなかったとはいえ、気に食わんな)

しかし旧知の仲ではあっても、ジェイクは警戒を解かない。いくら相手が気安くこようとも、この状況に無理があったからだ。

「だが、衛兵にケガを負わせて門を押し破ろうとしたことには目をつぶれん」

いったいなんの用で来たのかと詰め寄ると、モーリスはにっと下卑た笑みを浮かべる。

「いえ、そちらの門衛が頑《かたく》なでしてね。こっちは急ぎの用だったので、一刻も早く伯爵とお話しさせていただきたかったのです」

そして、モーリスはなんてことないように次のように続けた。

「エレノーラとアンジェラは息災ですか？」

「……それが？　何かお前に関係あるか？」

険悪な眼差しを向けたからか、モーリスは「おっと！」と肩をすくめる。

「伯爵さまには簡単なご決断になるかと思うのですが、エレノーラとアンジェラを僕に返していただきたいのです」

しんと、その場が静まり返った。

ジェイク側の誰もがモーリスの真意を解せないまま、訝しげに彼を見つめる。当のジェイクも同じく、突拍子もないことを言ったモーリスを見つめて言い放つ。

「貴様、さっきから何を言っているんだ？」

無意識に帯剣した腰に手を伸ばしながら、ジェイクが唸《うな》った。

「エレノーラは俺の妻で、アンジェラは俺の娘だぞ」

「いえ、どちらも僕のものです」

常識外れなことを言っているのはモーリスなのに、彼は自信に満ちており、さらに真剣だ。

「伯爵さまは結婚式も挙げられていないではありませんか」

「……それは、エレノーラが恥をかかないようにするためだった。俺の本意ではない」

「なんと言おうとも、伯爵さまにふたりへの愛は感じられない。あとは僕に任せてください」

「貴様、何をぬけぬけと――」

怒り心頭、剣を抜きそうな主を庇《かば》い、アレックスが前に進み出る。

「サンドフォード子爵、いまさらおふたりを取り戻してどうされるのですか？　離縁されたのはそちらではありませんか」

「僕が間違っていたんだ。後妻のベアトリスにたぶらかされてね。彼女と別れるためにも、僕にはエレノーラとアンジェラが必要なんです」

真摯に訴えているように見えて、内容は自分勝手な言い分だ。

そんな申し出に従えるわけがないと、ジェイクもアレックスも突っぱねた。

しかしモーリスは諦めない。

「アンジェラはあなたさまの実子ではないのですよ？　正真正銘僕の子なんです」

「それがなんだ？　教区簿冊上はもう俺の娘になっている」

するとモーリスはくつくつと喉で笑った。

「血の繋がりを大事にするのが我々貴族ではないですか？　実子じゃなくて一番がっかりしているのは伯爵さま、あなたでしょう？」

「…………」

ジェイクを慮ってアレックスが「ジェイクさま」と気遣うも、彼はそれを手で制する。

「アンジェラのことはまだわかる。だが、エレノーラはお前に関係ないだろう？」

「そうきますか。しかし残念ながらアンジェラの母親はエレノーラなんです。アンジェラを彼女と離せると、本気でお思いですか？　エレノーラがアンジェラと離れるわけがありません」

「アンジェラの実の母ではないだろう」

残酷だったが、ジェイクはしっかりと言いきった。

ふふふっと、いやらしく笑うモーリス。

「どうやらエレノーラの処女は伯爵さまのものになってしまったのですね。僕にもっと心眼があれば、まったく違った結果になったでしょうに」

「――――」

ジェイクはこの会話をエレノーラが聞いていなくてよかったと思った。こんな下品な男に一度でもエレノーラを取られたかと思うと、はらわたが煮えくり返る。

「とにかく、おとなしく領地に帰ることだ。お前の無礼も、いまならなかったことにしてやれる」

「……わかりました」

意外にもすんなり、モーリスは納得した。

「平和的に解決できればよかったと思うのはあなたのほうかもしれませんよ、伯爵さま」

しかしそんな不穏な捨て台詞を残し、従者の手を借りて馬車に乗り込む。

ジェイクとアレックスは鋭い眼差しで、モーリス一行が帰っていく様子を見つめた。

「アレックス」

「はい」

モノクルをかけた従者に、ジェイクは次のように命じる。

「エレノーラを執務室に呼んでくれないか？」

「承知しました」

「エレノーラに直接聞くことが、一番の解決法になるだろう」

「わたくしもそのように思います」

なるべく冷静を装いながら、ジェイクはアレックスを連れて屋敷へ戻っていった。


こんこんと執務室の扉がノックされ、机に向かっていたジェイクは顔を上げる。

「入って構わない。鍵は開いている」

入室を促すと、おそるおそるといった態でエレノーラが顔を覗かせた。

「ジェイクさま。エレノーラです」

「ああ、うん。夕食前にすまないね」

「いえ……」

エレノーラが部屋に入ったところで、ジェイクも席を立ち、応接セットに向かう。

向かいのソファを勧めると、エレノーラの顔がやや強張った。

「何か飲み物でも用意させようか？」

「大丈夫です」

ジェイクの問いに、エレノーラはきっぱりと断る。

「あ、あの、それよりお話って――」

どうやらよくない話をされるのだと思い込んでいるらしい。エレノーラの人生を振り返れば、急に呼び出されてそう言われるときがわかるのかもしれない。

エレノーラの向かいに座ったジェイクは、安心させるよう微笑んだ。

「悪い話ではない。ただ君に聞きたいことがあるだけだ」

「……え、聞きたいこと、ですか」

きょとんとするエレノーラは、これで本当に話の内容が読めなくなったに違いない。小首を傾げ、ジェイクの次の言葉を待っている。

「モーリスについて、教えてほしい」

「っ!?」

エレノーラはぎょっとして、ジェイクを見つめた。

「モーリスさまとはもう何も……」

「ああ、そんなことを気にしているわけじゃない。彼について君が知っていることを話してほしいだけだ」

君を守るために――とは、さすがにジェイクは言い出せない。先ほどモーリスが訪ねてきたこともエレノーラには話さないつもりだ。

「ええと――」

エレノーラは上向きながら、ゆっくりとモーリスについて語り始めた。

エレノーラとモーリスが初めて出会ったのは、くしくもジェイクがエレノーラに一目惚れしたときと同じ、サンドフォード子爵家が主催の仮面舞踏会だった。

社交界デビューしたばかりのエレノーラは男性に誘われても気の利いた返答ひとつ言えなくて、帯同するレベッカにどんなに慰められても、もう領地に帰ってしまいたいとかなり狼狽していたらしい。しかし主催者に挨拶もなしで帰っては、あとから貴族教育やしつけがなっていないと噂されるかもしれない。そうしたら父のダライアスに怒られるのはエレノーラだ。だからなけなしの勇気をかき集めて、サンドフォード子爵――モーリスにダンスの相手を願ったという。ホール内はダンスする男女で溢れていた。

「なんだと？　つまりエレノーラの初めてのダンスの相手がモーリスということか？」

「そうですが、あの、それが……？」

不思議そうにぱちぱちと瞬くエレノーラ。

わずかながらに嫉妬の炎が胸のうちに立ち上り、ジェイクは慌てて消火にかかる。知りたいのはそんなことではないのだ。

「いや、なんでもない。続けてくれ」

「はい」

ダンスしている間、エレノーラはステップを踏むことでいっぱいいっぱいだったけれど、モーリスのほうはエレノーラの目や髪の色を褒めることに忙しかったそうだ。確かにオールディントン王国は雑多な民族の集まりなので、金髪碧眼もそう多くは見られない。だとしても、まるで自らの心に刻みつけるかのように見入られ、エレノーラは戸惑ったという。

曲が終わり、ようやくダンスから逃れられると思ったところで、モーリスはエレノーラに「そう遠くないうちにまたお会いしましょう」と言ったらしい。あくまでも社交辞令だと気に留めなかったが、まさかの次の日にモーリスはアリンガム男爵邸を訪ねてきた。そこでダライアスにエレノーラと結婚させてほしいと告げたようだ。

「モーリスの経歴を聞いたのはいつだ？」

「売りどきの娘の結婚ということもあったのか、嫁にやるという気持ちは決まっていたようですが、お父さまがすぐにいろいろ調べてくださいました。そのときに……」

いまでこそ難しい素性——バツイチ・子持ちとなったエレノーラだったが、そのときはまだまっさらでウブな娘のひとりだった。アリンガム領は財政が逼迫していたため、援助を受けて少しでも緩和できるのであれば誰にでも嫁に行かせようと思っていたらしいダライアスは、モーリスが前妻と離婚したばかりということを突き止めた。前妻の名前はキャロラインといい、高飛車でわがまま、さらに浪費家な彼女から逃れたくて別れたという噂だったが、じっさいのところは違ったらしい。

「確かにキャロラインさんは性格に難があったそうですが、モーリスさまを心から愛していたそうです。一方的に別れを告げられたと触れ回っていましたが、子爵家相手に商家のお嬢さんが敵うことはなく、噂は噂のまま真実になることはありませんでした」

「真実というのが、アンジェラの存在だな？」

「そうです」

エレノーラはこくりと頷き、先を続けた。

アンジェラは前にも聞いていた通り、モーリスとキャロラインの実子である。しかし自分ではなくキャロラインの金髪碧眼という特徴を継いで生まれた彼女をモーリスは疎み、自分の子ではないかもしれないと、己のことは棚に上げ、妻の不貞まで疑ったようだ。

激怒したのはもちろんキャロラインのほうである。いい加減モーリスの女癖の悪さに愛想を尽かせ、キャロラインもまたそんな男の血を引く娘を疎むようになってしまう。

アンジェラさえいなければうまくいっていたのだと思い、キャロラインは自分の人生をやり直すためにもと、娘を置いてモーリスの許を去った。

困ったのはモーリスだった。愛せない娘に金をかける気などさらさらない彼は、金髪碧眼の娘を捜すために仮面舞踏会を開く。ちょうどよい相手がいれば再婚し、最後はアンジェラと一緒に追い出してしまえばいいと、利己的に考えていたという。そしてその相手に選ばれたのが、エレノーラだったわけだ。

「結婚したらまったく話が違う待遇をされたので、本当にびっくりしました」

顔を曇らせるエレノーラの傍に行って手を握ってやりたい衝動に駆られたが、それ以上に及んでしまいそうな自分をいさめて、ジェイクはソファに腰かけ直した。

「幼いアンジェラと一緒に離縁なんて、おかしいとは思わなかったのか？」

「思いはしました。でも──」

「でも？」

うつむき加減だったエレノーラが、ここでようやく微笑む。

「そのときにはもうアンジェラに情が移り、私自身が彼女を手放せなくなっていたのです」

「………」

エレノーラの愛情の深さに触れ、ジェイクはますますエレノーラに惹《ひ》かれた。

「そうか。だからアンジェラがあんなにいい子に育ってきたんだな」

「そうでしょうか？　ジェイクさまがそう感じてくださるならうれしいです」

自分自身もアンジェラに「パパ」と言われてうれしかったことを伝えたら、エレノーラは喜んでくれる。アンジェラは本当の両親を知らないままだったが、時期が来たら教えるとエレノーラは決めているようだ。そのときのショックは計り知れないだろうが、自分という存在が緩衝材になり、親子三人、その後も変わらず生きていきたいとジェイクは思っている。

「アンジェラのことは、いまは置いておこう。それで、モーリスとはそのあと？」

「え、ああ、はい。それ以来、連絡も何もありませんでしたが──風の噂で、また再婚なさったことは聞きました」

「ベアトリス、と言っていたな確か」

「名前は存じ上げませんが……」

「今度はベアトリスという娘にたぶらかされたと言っていたぞ」

「……モーリスさまらしいです。必ず自分ではなく、相手のせいにされるんです」

エレノーラは苦笑する。離縁されるためだけに結婚したモーリスのことを、この娘はよくわかっているようだ。キャロラインのことで彼の真実の姿を知ったと、エレノーラは言った。

「女狂いと揶揄されるあいつのことは、好きだったのか？」

本当はこんな質問に意味はなかったのに、ジェイクはつい聞いていた。

エレノーラはきょとんとしてから、我に返ったように微笑を浮かべる。

「いいえ。恋に恋はしておりましたが、それも叶いませんでした。それだけです」

「……いまも、恋に恋しているのか？」

つい熱っぽく妻を見つめてしまい、エレノーラは恥ずかしそうに目を伏せた。それから首を横に振ると、小さな声で「いいえ」と呟く。

「エレノーラ……なら、いまは――」

核心に迫りながらも言葉にすることがためらわれ、肝心な部分を言えずにいたら、エレノーラは朱に染めた顔を上げた。

「ジェイクさまだけです。心から、お慕いしております」

「エレノーラ……！」

ジェイクは感動して、思わず立ち上がる。そしてローテーブルを回り込み、エレノーラの前で膝をついた。

「ああ、俺もだ。俺も君が好きだ。それに愛している！」

「ジェイクさま……っ」

感涙するエレノーラの手を取り、ジェイクはその甲に口づける。

「わ、私も、私もあなたさまが好きなんです。愛しております」

「本当か？　情が移ったわけではないな？」

急かすように聞くジェイクに、エレノーラはくすくすと笑った。

「違います。これがいまの本当の気持ちです」

「ああっ……エレノーラ！」

ジェイクはたまらずに腰を浮かせ、エレノーラを抱き締める。

エレノーラもまたジェイクを抱き締め返し、ふたりはしばらく互いの温《ぬく》もりを感じ合っていたのだった。


しかしそれからわずか数日後のこと、アンジェラが突如として失踪する——。

＊＊＊

アンジェラがいなくなった翌日の朝、ウィルキンズ邸は騒然としていた。屋敷で働く者たちがホールに集められ、ジェイクがひとりひとりに話を聞いていく。なぜならアンジェラは間違いなく屋敷内にいたにもかかわらず姿を消したからだ。四歳児がひとりでいなくなれるわけはない。となれば、信じたくはないが、屋敷の中の誰かが手引きしたことになる。

次々に尋問するジェイクとアレックスを、エレノーラは部屋の片隅で見守る。レベッカに付き添われてはいるものの、はらはらし過ぎて心臓がどうにかなってしまいそうだった。

(お願い、神さま……！　どうかアンジェラを無事に私の許に帰してください――っ)

屋敷の使用人たちも一様に不安げな様子だ。このウィルキンズ伯爵邸内に誘拐犯、もしくはその片棒を担いだ者がいるなんてとても考えられないのだろう。

ジェイク自身、身内の犯行だとは思いたくないはずだから、エレノーラは彼にこんなことをやらせてしまう状況に胸が詰まった。

(ジェイクさま、本当におつらそう……でもアンジェラは邸内にいるときに忽然《こつぜん》と姿を消したのだから、やっぱりこの中に事情を知っているひとが……)

従僕のネイトと下男のレイフはそもそもアンジェラと関わることがあまりないので――女児のため、男性より侍女に任せるほうが多かった――、すぐに疑惑は晴れたようだ。

しかし森番のスペンサー、門番のテッド、園丁のホレス、馬丁のロイドは、なにやら心のうちに秘めているように歯切れが悪く、誰もが最後には口を閉ざす様子にジェイクは問いただし方を変えた。

「なるほど。子供ひとり外へ出すために必要な者たちが、ここには全員そろっているということか」

確かにアンジェラがどこでいなくなったにしても、彼らの力を借りれば、容易に外に出ることができるだろう。

「さて、俺に忠誠を誓っているはずのお前たちはいったい誰に命令され、どんな見返りを突きつけられたんだ？」

「…………」

それに答える者は誰もいない。四人とも表情を隠すためか、下を向いてしまっている。

そんな彼らを束ねる執事のカルヴィンと侍女頭のコーデリアの前に、ジェイクは立った。

「残るは君らだ。ふたりとも俺の腹心だと思っていたが、どうやら違うようだな」

ジェイクの言葉に驚いたのはエレノーラだ。彼がとうにカルヴィンとコーデリアに目をつけていたことに、いまさらながら気づかされた。

「あいつらに命令できるのは、この屋敷で君たちしかいない。さあ、どっちがどう白状する？　それとも自白剤を飲むか？」

うしろに付き従うアレックスが、懐から小瓶を取り出す。自白剤が本当にあることにも愕然としながら、エレノーラは事態の成り行きを見守っていた。

「だ、旦那さま――」

「カルヴィン！」

老執事が口を開くも、コーデリアがすばやくそれを制する。

ジェイクとアレックス、そして隅に佇《たたず》むエレノーラとレベッカは彼らを注視した。

「お話ならわたくしからさせていただきます、旦那さま」

「……それは構わんが、カルヴィンにも言い分がありそうだぞ？」

ひやかすようなジェイクの言い方に、コーデリアは首を横に振る。

「いいえ、カルヴィンをこの件に引き込んだのはわたくしです。ですから、わたくしがすべての元凶になります」

毅然と言うコーデリアに、エレノーラはショックを隠せない。

(そんなっ……仲よくしてくれるようになっていたのに、コーデリアさんが黒幕なの⁉)

「わかった。聞こう」

ジェイクは神妙にそう言った。

コーデリアは威風堂々とした態度で言葉を継ぐ。

「最初に申し上げておきますが、わたくしはいまではもうエレノーラ奥さまとアンジェラさまをウィルキンズ家にふさわしいと認めております」

「ほう、ならなんで裏切ったんだ？」

当然の疑問に、コーデリアが粛々と続けた。

「わたくしたち使用人は貴族のお方の命令には逆らえないからです」

「なんだと？」

ジェイクの顔が不可解に歪む。

アレックスが追随するよう告げた。

「貴族、というのであれば、ここではジェイクさまとエレノーラさまたち以外にはおられないのではないですか？」

するとコーデリアは下を向き、口をつぐんでしまう。

眉間にきつくしわを寄せながら、ジェイクが唸る。

「……なるほど。そいつ——貴族の命令ならば、従わないわけにはいかなかったと、そういうことだな？」

「その通りでございます」

口を開いたコーデリアの淀《よど》みない言い方は、まるで間違ったことなどしていないと主張しているみたいだ。しかしだからといって、アンジェラを危険な目に遭わせたのはいただけない。

「コーデリアさん、そんなっ……アンジェラと、あんなに楽しく遊んでくださったではないですか！　カルヴィンさんだって！」

責められる立場ではないと思いつつも、アンジェラの失踪に関わっていたことが明白になったことで、エレノーラは動揺し、声を荒らげた。

「……申し訳ございません」

コーデリアが頭を下げると、カルヴィンもそれに倣う。

「奥さま、お、お嬢さまは――」

「カルヴィン！」

再び叱責するコーデリアだったが、ジェイクが鋭い眼差しを向けたところで押し黙った。

「コーデリア、いまならまだ許してやれる。俺が怒りのままお前たちの首をはねないで済む」

だから告白しろと、ジェイクは言う。そして脅すように剣を突きつけた。

しゅっという鞘から刃を抜いた音に、瞬時にこの場にいる全員が硬直する。ウィルキンズ家の主がここまで怒ることは珍しいのだ。アレックスはジェイクがやり過ぎないようにするためか、うしろに控えていた。

「わ、わかりました」

初めてコーデリアが動揺する。とある貴族の命令に従ったのかもしれないが、その上――ジェイクこそ、このウィルキンズ家では絶対的な存在だからだ。

コーデリアは深呼吸すると、いよいよアンジェラをさらった元凶を口にする。

「妹御の……ロレッタさまにございます」

「ロレッタが？」

険しい顔をして、ジェイクは振り返ってエレノーラと目を合わせた。ジェイクの顔にはまるで信じられないと書いてある。どうやら彼は別の首謀者を想像していたようだ。

エレノーラもロレッタは知っていたので、驚いて声も出ない。

（ロレッタさんって確か……お父さまの再婚相手で、ジェイクさまの妹の――）

「ま、まさか！　アリンガム男爵の許に嫁ぐのは、あいつ自らが希望したことだぞ？　いまさらうちをかき回す意味がわからない！」

しかしロレッタの事情や真意は、コーデリアやカルヴィンも聞かされていないらしい。緩く首を振り、ジェイクに謝罪してくる。

「申し訳ございません、旦那さま。処罰はなんでも受け入れる所存です」

「わ、わしもですぞ！　旦那さまを裏切ることになってしまい本当に申し訳ない限りで」

「いい、いい！　いまは保留だ！　まずはアンジェラの安否が心配だ」

ジェイクはさっさと彼らを含めた使用人たちを解放すると、エレノーラを傍に呼び寄せ、アレックスとレベッカも加わり額を合わせた。

「まさかロレッタがな……」

未だに信じられないというようにジェイクが息をつく。

「ロレッタがアンジェラを傍に置いて得することなんて何もないだろう？」

「そうとも限りません」

声を上げたのはアレックスだ。モノクルを光らせ、深く考え込んでいる。

「何か事情が変わり、ロレッタさま、いえ、アリンガム男爵がアンジェラさまを引き取るほうが都合よくなったのでしょう」

「じ、事情って……？　ですが、彼女、私に子連れで離縁されても戻る場所はないって仰ったんですよ。アンジェラがあの家に行く意味はないと思うのですが――」

エレノーラもわけがわからず、戸惑うばかりだ。

レベッカが同調するように頷く。

「もしご事情が変わったとして、アンジェラさまを正式に養子とするならば、実の親の同意書が必要になってくるはずです。サンドフォード子爵がそんなことに協力するとはとても思えません」

「…………」

しかしその意見には、ジェイクもアレックスも思うところがあるらしい。

四人の間に沈黙が落ちた。

たまらずにエレノーラが口を開く。

「やっぱりここはコーデリアさんとカルヴィンさんにお話を伺って……」

「いや、それは無駄だろう」

「で、でも！」

ジェイクの断言に必死で抵抗しようとするも、彼の考えは変わらないようだ。

「彼らが深い事情を知っていたら、俺が確実に動く。ロレッタはそんなヘマはしないだろうよ」

とにかくと、ジェイクは声を上げた。

「いまからアリンガム領に行こう。準備できるな?」

聞かれたアレックスが「は!」と首肯し、すぐさま部屋を出ていく。

置いていかれそうなエレノーラは慌ててジェイクに縋った。

「ジェイクさま! お願いです、私も連れていってください!」

「だが——」

ここにいるのが安全だと、ジェイクは言う。なぜか彼はエレノーラを外に出したくないようだった。

けれどエレノーラも引き下がるわけにはいかない。

「なんでもしますから! アンジェラが無事か、どうか……!」

涙を浮かべて訴えたら、さすがのジェイクも折れないわけにいかなくなったらしい。ため息をついて、エレノーラを抱き寄せる。

「俺やアレックスの傍を決して離れないと約束できるか?」

「もちろんです。それにレベッカも強いので、力になってくれると思います」

レベッカが静かに頭を下げたところで、ジェイクは完全に諦めた。

「わかった。すぐに出発する。レベッカ、エレノーラの準備を手伝ってやってくれ」

「承知しております」

ひとりその場で考え込むジェイクを残し、エレノーラとレベッカはホールを出た。

「エレノーラさま、大丈夫ですよ。アンジェラさまはきっとご無事です」

「え、ええ。わかっている、わかっているわ……」

自室に着いてからも、レベッカはエレノーラを気遣う。

先ほどからエレノーラは頷いていたが、心の中ではやはり不安が勝っていた。

(ロレッタさんからアンジェラを必ず取り戻さないと――！)

いま愛娘がどんな目に遭っているのか、悪い想像ばかりが頭をよぎる。

(待っていてね、アンジェラ。ママがいま、迎えにいくわ！)

そう決意し直し、エレノーラは旅支度を整えるのだった。

＊　＊　＊

ジェイクたちがアリンガム領に入ったのは翌日の夕方のことだ。武装した兵士と一緒だと最悪武力衝突してしまうかもしれないため、少数精鋭――と言っても、ジェイクとアレックス、エレノーラとレベッカというもの四人でやってきていた。馬車の御者は馬丁のロイドが務めたが、彼はこの件をたいそう反省しており、なんとか少しでもジェイク側が有利になるようにと、馬に無理させてまで急いだ。
「アリンガム男爵邸まであと少しだな」

腕組みしたジェイクが、緊張をはらんだ声で告げる。

隣のアレックス、向かいのエレノーラとレベッカは同時に頷いた。

いまはエレノーラ以外、全員が武器を携帯している。

「もう話し尽くしたが、確認させてくれ。目的はアンジェラを取り戻すことだ」

「承知しております。アンジェラさまの安否を一刻も早く突き止めなければなりませんね」

ジェイクの言葉を、アレックスが復唱した。

「ロレッタさまは、理由をお話しくださるでしょうか？」

レベッカがエレノーラの手を握ったまま、何度目かになる質問をした。ロレッタはあくまでジェイクの妹だから、他人の自分たちは彼女の真意に入り込む余地はない。

「無理やりにでも吐かせるさ」

ジェイクは本気らしい。一連の誘拐事件を公にすれば、陛下も黙っていないだろう。それほどの大事を、彼らは引き起こしたことになる。あまりに利己的な理由だったら、ジェイクは妹と縁を切りかねない様子だ。

「エレノーラさま……お気を確かに」

レベッカが気遣い、エレノーラを窺う。

エレノーラは馬車に乗り込んでからずっとうつむいていた。蒼白の彼女はようやく顔を上げると、全員を見回す。

「ごめんなさい、私には身を守る術がなくて……レベッカに任せきりだったから——」

「何を言う」

すかさずジェイクが口を挟み、エレノーラのほうに向き直った。

「エレノーラを守るのは俺の役目だ。アレックスやレベッカも同じはずだ」

するとアレックスとレベッカがそろって首肯する。

「エレノーラさまには指一本触れさせません」

「わたくしも同じです。エレノーラさまをお守りいたします」

「みんな……」

エレノーラが感動したところで、馬車ががたんと音を立てて停まった。

「アリンガム男爵邸です」

ドアの向こうからロイドの声がする。

「………」

全員は無言で頷き合い、馬車の扉を開けて外へ出た。

「なんだね、これはいったい！」

アリンガム男爵ダライアスは驚き、娘がいるにもかかわらず急な来訪に憤怒《ふんぬ》の形相だ。なぜならアレックスがレイピアを抜き、脅しをかけていたからである。

「アリンガム男爵、お久しぶりです。我が妹、ロレッタを出していただきたいのですが」

一歩前に出て、ジェイクが告げた。

「隠すことはためになりませんよ。ロレッタがアンジェラ誘拐に関わっていることはすでに明白だからです」

「……っ」

ダライアスはひゅっと息を呑む。そしてしどろもどろ言い訳を始めた。

「わ、私はなんにも知らん！　本当だ！」

怪しさしかないダライアスの態度から、四人は確信を得たとばかりに顔を見合わせる。

けれど次の台詞に、全員がしんと静まり返った。

「それにロレッタはいない！　結婚後、しばらくしてから屋敷を去った！　伯爵にお伝えしようとも思ったが、女に逃げられたなど屈辱で――」

ううっと冷や汗を流しながら、哀れなほどやつれた様子のダライアスを、エレノーラは信じた。前にいるジェイクの腕をそっと引っ張った。

「……お父さまは本当にロレッタさんの行き先を知らないのだと思います」

「ではなんでこんなに動揺しているんだ？」

当然のジェイクの問いに、エレノーラは申し訳なさそうに言う。

「ですから、おそらく私たちが来たとき、ロレッタさんのことだと思ったはずです。ジェイクさまもロレッタさんを出してほしいと仰ったから……」

「なるほどな」

ジェイクはため息をつくと、アレックスにレイピアを収めるよう命じた。

アレックスが武装を解いたところで、ようやくダライアスは安堵したようだ。

「やれやれ……伯爵。手荒なマネはしないでいただきたい」

「すみませんでした、お義父上《ちちうえ》。それで、屋敷を出てからのロレッタの行方は？」

「う、うむ──」

ダライアスも当然、すぐに捜索隊を派遣したという。

「だが、ほかの貴族が介入したのか、行方は知れないままだ。正直、私は諦めておる」

「…………」

ジェイクは考え込んだ。

(ほかの貴族の介入？　ロレッタはいったい誰と手を組んでいるんだ？)

これはおそらくロレッタだけで起こした事件ではない。あまたの事柄が複雑に絡み合っているように思えた。

「ダライアス卿、妹が無礼を働き申し訳ありませんでした。実はロレッタがアンジェラをさらったらしいのです」

「なんだと？　ロレッタはアンジェラとなんの関係もないではないか」

不可思議そうな顔で、ダライアスはエレノーラに目を向ける。

エレノーラは神妙に頷いた。

「手がかりがないので困っているんです。お父さま、なんでもいいのでロレッタさんのこと教えてくださいませんか？」

「そ、そうは言ってもな……」

ダライアスは酷く困惑する。しばらく黙考するも、「うーん」と頭をひねってしまう。

「私とロレッタが過ごした時間はあまりにも短かったから——」

「本当に申し訳ない」

ジェイクが妹の失態に頭を下げると、ダライアスは慌てて手と首を振った。

「いや、もういいんだ。特に変わったところはなかったが、ロレッタは私のことを最初から好いてはいないようだった。そうだ。ある日を境に、より溝は深くなったように思う」

「ある日？」

怪訝そうな反応をするジェイクに、ダライアスは言葉を継ぐ。

「サンドフォード子爵が訪れたときだ」

「モーリスが？」

ジェイクの眉間のしわが深くなり、不可解な表情の四人は再び顔を合わせ、わずかな手がかりに耳を傾けた。

「なんでもアンジェラに会いにきたと言うのだが、アンジェラはお前と一緒に伯爵の許へ行ったと伝えたのだ」

それに疑問を唱えたのはエレノーラだ。

「そ、そんな！　いままで一度だってアンジェラに会おうとなんてしなかったわ！」

エレノーラの動揺は当然だった。

ジェイクもまたアンジェラの出自を知っており、どんな想いでエレノーラが彼女をひとりで育ててきたか知っていたので、モーリスの行動が信じられなかった。

「ロレッタとモーリス――か」

「その線が怪しいと見て間違いないでしょう」

アレックスの結論に、ダライアスを除く全員が首肯する。

ダライアスはひとり「若造に負けたのか……」と消沈していた。

「早馬を？　それとも――」

「このままサンドフォード領に向かう」

アレックスの言葉を遮り、ジェイクは決断する。

しかし異論を述べたのは、ダライアスだった。

「なんと！　もう夜になりますゆえ、一晩泊まっていってください！」

せっかく久しぶりに娘と会えたからと、ダライアスはエレノーラに向けて目元を和ませる。

そんな父親を見て、エレノーラは少し考えを変えたらしい。

「お父さま……私なんて政略結婚の道具に過ぎなかったのでは……」

おずおずとダライアスの前に出るエレノーラを、彼は優しく抱き留めた。

「何を言っているんだ、お前は。いつだってひとり娘のお前のことを案じている。つらい想いをさせたようで本当に悪かった」

それが素直な父親の言葉だったのだろう、エレノーラはダライアスの胸の中で静かに涙をこぼす。うしろに控えていたレベッカもまたもらい泣きしていた。

ジェイクはその様子を、優しい眼差しで見つめる。

「ではダライアス卿、今夜はお世話になります」

「もちろんだ！　こんなときだが、ゆっくりしていってほしい。それに義父上で構わんよ」

ダライアスはいっきに気分が上がったようで、すぐに使用人を呼び寄せて客間の準備をさせたのであった。


アリンガム男爵邸に宿泊となったが、ジェイクはエレノーラとの同室を遠慮した。ようやく通じた親子関係を邪魔したくないという想いと、エレノーラにいまぐらい実父に甘える経験をしてもらいたいと思ったからだ。

「奥さまは今夜、親子水入らずで過ごせますね」

すっかり夜の更けた窓の外を見ていたら、うしろからアレックスに声をかけられた。アレックスはジェイクのために食後の茶と菓子を給仕している。本当ならアリンガム邸の使用人がやることだったが、事件の真相がわかっていないこともあり、念には念を入れた形だ。

「本当はお寂しいのでは？」

くすりと笑うアレックスにからかわれ、ジェイクはぴくりと眉を上げる。

「……エレノーラが幸せなら、俺は充分だ」

「さようでございますか。ではわたくしはこれで」

部屋を出ていこうとするアレックスを、しかし振り返ったジェイクが引き留めた。

「今夜は俺たちも同室だぞ」

「ダライアス卿からは隣のお部屋をいただいておりますが……」

アレックスが困ったように言う。

ジェイクははあっと大仰なため息をつく。

「何か起きてからでは遅い。アリンガム男爵に何かあるとは思わないが、ロレッタやモーリスの手が及んでいないとは限らない。一度はロレッタの下で働いていた者もいるはずだからな」

「ジェイクさまは、彼らがわたくしたちに危害を加えるとお思いですか？」

「認めたくはないが、やつらの思惑を踏みにじれば、その可能性もあるということだ」

確かに――と、アレックスは押し黙った。

するとジェイクは一転、顔をほころばせる。

「お前と同室なんて、幼い頃を思い出すな」

アレックスも破顔し、主を見つめた。

「そうですね。わたくしたちはいつも一緒でしたから」

「夜更かしして語り合いたいところだが、明日に備えなければならないからな」

「御意にございます」

心底残念そうに言うジェイクに含みを持たせ、アレックスは今夜も付き従うのだった。

＊　＊　＊

レベッカは危うく持っていたお盆を取り落としそうになっていた。心配するエレノーラに言われ、給仕の手伝いという態でジェイクがいる客間の前まで来ていたのだが、まさか主の言った通りそこにアレックスがいるとは思いもしなかったからだ。

客間のドアは薄く、耳を澄ませば会話の断片が漏れ聞こえてくる。

（いつも一緒……夜更かしして語り合いたい……おふたりはもしかして男色家なの!?）

ばくばくする心臓の音が聞こえてしまわないように、ゆっくり深呼吸して自らを落ち着かせた。

(エレノーラさまはたまに悶々《もんもん》とされていたようだけれど、きっとこれをご心配なさっていたんだわ。まさか別の部屋のふたりが一緒に泊まるなんて——！)

これはエレノーラに報告しないわけにはいかない。主が落胆する姿は見たくないが、彼らの秘密を知ってしまった以上、放っておくことはできない。

レベッカは足音を忍ばせ、そっとその場を離れた。

＊　＊　＊

翌朝、ダライアスに見送られて、ジェイクたちはアリンガム男爵邸をあとにした。

しかし馬車の中でエレノーラはなぜか下を向き、落ち込んでいる様子なので、ジェイクは顔を覗き込むように問いかける。

「エレノーラ、どうした？」

せっかく親に甘えていたのにまた引き離されて、郷愁に浸っているのかと思うも、エレノーラはまったく違うことを尋ねてきた。

「……あ、あの。昨夜はアレックスさんとご一緒だったとか？」

「なんだ、そのことか」

あっけらかんとジェイクは言う。

「何が起こるかわからないからな。危険を回避するために同室にしただけだ」

「…………」

するとエレノーラは沈黙してしまう。

いったい何が引っかかっているのか、ジェイクにはわからない。だから次のように続けていた。

「エレノーラとレベッカも同室だったんだろう？　同じじゃないか」

「女と男は違いますから」

声を上げたのはレベッカのほうだ。

その言い方にも引っかかりを覚え、ジェイクは困惑してアレックスを振り向いた。

しかしアレックスもわけがわからないとばかりに肩をすくめる。

それから馬車内は気まずい雰囲気が漂うことになるが、時間は容赦なく経過していった。


二日後の夕方になって馬車はようやく停まり、サンドフォード子爵邸への到着を告げる。

四人が馬車から降りたときにはもう、気持ちはアンジェラの捜索に向かっていた。

しかし門の前でふたりの衛兵に止められてしまう。

「旦那さまは誰ともお会いになりません」

「ウィルキンズ伯爵が来たと伝えてくれ」

ジェイクが進み出るも、衛兵は首を横に振った。

「ウィルキンズ伯爵さまには領地からいますぐお引き取りいただくよう申しつけられております」

「…………」

ジェイクは無言で三人を振り返る。そしてアレックスとレベッカに目配せすると、彼らはすぐに剣を抜いた。ジェイクもまた己の鉄剣の柄に手をかける。

「中に入れてくれないのなら、力にものを言わせることになるとモーリスに伝えろ」

衛兵たちは持っていた槍《やり》を構えるも、三人の強敵を相手に分が悪いと感じたのか、片方が渋々と屋敷に向かって駆けていった。

残された衛兵と四人の間に緊張が走るが、ややあって屋敷から先ほどの衛兵が戻ってくる。

「旦那さまがお会いになるそうです」

決して本意ではないがという態で、衛兵は観音開きの扉を開けてくれた。

ジェイクとアレックス、レベッカは剣を収め、エレノーラを守るように隊列を組み、門をくぐっていく。

途中、ジェイクが呟いた。

「これはもう黒だな。俺に屋敷に来させないよう衛兵に命じているとは、よほど隠したいことがあるらしい」

「間違いないでしょう」

アレックスが同意に頷く。

「アンジェラさまがご無事だといいのですが――」

「アンジェラっ」

愛娘の名前が出たところで、エレノーラは我を失ったようだ。突如として顔面蒼白になった彼女は、ドレスの裾をつまんだ状態でサンドフォード子爵の屋敷に向けて走っていく。

「エレノーラ！　俺から離れるな！」

ジェイクが叫び、衛兵が止めようとするも、エレノーラは止まらない。石畳に躓《つまず》きながらも、どんどん進んでしまい、とうとう姿が見えなくなった。

レベッカが慌ててあとを追おうとして、ジェイクに断る。

「この敷地の構造は、結婚されていたエレノーラさまやわたくしは明るいので大丈夫です。アンジェラさまをお捜しする間、サンドフォード子爵さまを引き留めておいてください」

「わかった。エレノーラを頼む」

「はい。お任せください」

そう言うと、レベッカもまた先にエレノーラが向かった中庭方面に急いだ。

ジェイクとアレックスが周囲を警戒しながら歩いていると、やがて屋敷の玄関が見えてくる。しかしそこには十数人の兵隊がおり、ふたりの到着を待っていた。相手側は全員武装していてまったく穏やかではない。

口角を上げ、ジェイクは再び剣の柄に手をかけた。

「どうやら久々の実戦らしいな、アレックス」

腕は鈍っていないか？　という問いに、アレックスは首を横に振って見せる。

「まさか。いい運動になりそうです」

「背中は任せたぞ？」

「はい」

ジェイクとアレックスは剣を抜き、武器を携えた兵隊たちに向かっていった。

エレノーラは正面玄関ではなく、中庭に通じる道を走っていた。サンドフォード子爵邸には中庭に面した離れがあり、アンジェラがいるならばおそらくそこだろうと見当をつけていたからだ。

（アンジェラ……！　待っていてね、ママがいま行くから——っ）

必死の思いでドレスをさばくも、靴にヒールがあることも手伝って進みは遅い。

間もなくうしろからレベッカが追いついてきた。

「エレノーラさま！　危険ですから、わたくしの傍を離れないでください！」

「ああ、レベッカ……勝手してごめんなさい。わかったわ、一緒に行きましょう」

レベッカとともにアーチが架かった花園を抜けた先に、窓の開かれたテラスが見えてくる。

ベンチに座る者の姿を見て、エレノーラは足を速めた。

「ロレッタさん！」

突如として声をかけられたロレッタはびくりと身をすくませ、中庭から走ってやってきたエレノーラとレベッカの姿を見て目を大きく開く。

「門番がいるはずなのに、ど、どうやって入ったの!?」

「もちろん門から許可を得て入りましたわ。私は体裁だけはモーリスさまの妻でしたので、屋敷の構造は熟知しておりました」

はあはあと息を切らせ、エレノーラはロレッタの前に立ちはだかった。そして凛《りん》とした声を響かせる。

「アンジェラはどこです？　あの子を返してください！」

「……っ」

ロレッタは苦々しげな顔で立ち上がり、逃げようと画策しているのか、左右をきょろきょろと見回した。

「あたしは知らないわ」

「とっくにばれているんですよ、ロレッタさま。ジェイクさまもご承知です」

レベッカがダメ押しとばかりに言葉を継ぐ。剣先をロレッタに突きつけるマネはさすがにしなかったが、ぜったいに取り逃がさないよう剣をちらつかせていた。

ロレッタはごくりと喉を鳴らす。それから両の瞳を潤ませた。

「あ、あたしはただ――」

真実を言う前に、窓の向こうから子供の泣き声が聞こえてくる。

「静かにしなさいと言ったでしょう！」

ロレッタが振り返ってそう叫ぶも、とっさに反応したのがエレノーラだった。愛娘の泣き声を間違えるはずがない。

「っ!?　アンジェラ、アンジェラなのっ!?」

「ママ!?　ママー！　ここ、ここぉ！」

「あの子は、あたしの……！」

何かを訴えるように手を伸ばしかけたロレッタを捨て置き――レベッカがすかさず回り込んで彼女の行く手を遮る――、エレノーラは窓から部屋に飛び込んだ。

「アンジェラ！」

するとそこにはアンジェラの姿があった。ぬいぐるみや積み木などの玩具《おもちゃ》や絵本に囲まれて、アンジェラがしくしくと泣いている。潤んだ目でエレノーラを認めると、まっすぐに母親の許に走っていった。

「ママぁ、ママぁ!!」

「ああっ、アンジェラ!!」

親子は硬く抱き締め合い、互いの存在を確かめ合った。

泣きじゃくるアンジェラを胸にかき抱き、エレノーラもまたはらはらと涙をこぼしていた。

「もうどこにも行かせないわ。ママが守ってあげるから、ママから離れないでね」

「うん、うん」

上向いたアンジェラの涙をハンカチで拭ってやると、彼女がにぱっと笑う。

「ママ、たすけてくれてありがとう。しんぱいかけてごめんなさい」

その笑顔にほだされ、エレノーラはようやく安堵の息をつけた気がした。

「でも、どうして——」

「あたしのせいよ」

言いかけたところで、うしろから声がかかる。

振り返ると、レベッカに連れられたロレッタがいた。

アンジェラは警戒して、エレノーラのうしろに隠れてしまう。

「ロレッタさんのせい、とは？　それになぜ父の妻だったあなたがここに？」

「質問が多いわね」

ふんと鼻を鳴らし、相変わらず高飛車なところは変わらなかったが、覚悟を決めたらしい。

ぽつぽつと話し始めた。

「あたしはあんたの父親と別れて、モーリスと結婚したいの」

「なんですって？」

まさかの宣言に、エレノーラはレベッカと目を丸くする。

ロレッタは肩をすくめ、話を続けた。

「モーリスと恋に落ちたのよ。女狂いと揶揄されていた彼もまた、初めてあたしに本気になったと言ってくれたわ」

アリンガム男爵ダライアスと結婚を承知したのは、兄ジェイクのためでもあったが、領主の夫人という座に憧れていたからだという。適当な貴族の許に嫁ぐより、ずっといい暮らしができると思っていたらしい。

兄の援助もあり、確かにいい暮らしはできた。しかし恋愛というものを知らないまま結婚してしまったため、どこかで運命の出会いへの渇望があり、このままではいけないと思うようになったのだとロレッタは言った。ダライアスが運命の相手でないのは明白だった。

「そんなある日、あの方――モーリスに出会ったの。あたしたちはお互いに一目惚れして、運命の相手だと思い合ったのよ」

「……ロレッタさんが父の許を去った理由はよくわかりましたが、アンジェラはなんの関係もないと思うのですが――」

当然の疑問に、ロレッタは次の台詞を言いにくそうに唇を噛む。

「せっかく運命のひとに出会ったのに、あたしは、あたしの身体は……子供ができないとわかったのよ」

エレノーラは驚き、愕然としてロレッタを見つめた。

ロレッタはエレノーラの視線を無視して、遠くを見ながら言う。

「だから子供が必要だったの。サンドフォード子爵家を継いだモーリスにも子供は必要だった。でも彼はあたしを愛しているから、ほかの女とはもう寝ないと約束してくれたのよ」

「だから、アンジェラを？　モーリスさまの実の娘だから？」

その通りだと、ロレッタは頷いた。

「どこかの孤児院から養子をもらうことも考えたけれど、ふたりで育てるなら実子のほうがいいからと……」

真相を前に、エレノーラは戸惑う。

(ロレッタさんがアンジェラをさらったことは許されることではないけれど、モーリスさまが改心してアンジェラを育てようとしてくれたことはすごい進歩だわ。厄介者として私とともに追い出したのに)

しかしだからといって、そんな都合よくことを運ばせようとする彼らのやり方にはついていけない。

「ロレッタさんの想いはわかりました。でも……モーリスさまはいま、ベアトリスさんとご結婚されているのでしょう?」

モーリスは現在、三人目の妻であるベアトリスと婚姻関係にあるはずだ。それなのにロレッタがサンドフォード子爵邸にいるところを見ると、不倫関係か愛人に思えてしまう。

エレノーラが言ったところで、背後にひとの気配を感じる。

「それはこいつに吐かせるといい」

振り返ると、ジェイクとアレックスがモーリスを縛り上げて連れてきていた。

「まあ!　なんでこんなことに……」

驚くエレノーラに、ジェイクが説明してくれる。

「俺と話さずに済むようにと、わざわざ兵を配置してくださっていてね。アレックスとともにねじ伏せたってわけだ」

「お兄さま!　モーリスを放してくださいな!」

ロレッタが何をも顧みず、まっすぐに縄でぐるぐる巻きのモーリスの許に向かった。

「ああ、あなたっ」

ほろほろと涙をこぼしながら、ロレッタが必死に縄を解こうとする。

しかしそれを止《や》めさせたのはジェイクだった。

「ロレッタ、お前も目を覚ませ」

「目を覚ませ、ですって？」

なんでそんなことを言われているのか、ロレッタにはわからない。

「モーリス、本当のことを話すんだ」

ジェイクはモーリスに命じた。

するとモーリスが渋々口を開く。

「エレノーラと再婚して、アンジェラを一緒に育てたかったんだ」

その言葉に、すでに知っているらしいジェイクとアレックス以外は、愕然として目をみはった。特にロレッタは髪を振り乱さんばかりに悲鳴を上げる。

「なんですって!?　あたしと結婚して、あなたの娘を育てる話はどうなったの!?」

「…………」

モーリスはふいと視線を逸《そ》らす。

しかしロレッタは泣きつき、モーリスの肩に手をかけてがくがくと揺さぶった。

「ねえ、あたしを愛しているんでしょう？　運命の相手だって、互いに誓い合ったじゃない！」

「だから目を覚ませと言ったんだ」

ジェイクが横やりを入れる。

「この男は最初からアンジェラを連れ出すためにお前を利用しただけだ。アンジェラがこいつの許に戻れば、必然的にエレノーラもついてくることになるからな」

「そ、そんなっ……」

両の瞳に涙を浮かべ、ロレッタは衝撃を受けたようだ。

「信じられない。信じられないわ！」

「正直申し上げて、サンドフォード子爵は稀代《きだい》のクズだということです」

ロレッタとも一緒に暮らしていたアレックスが、彼女のためにダメ押しとばかりに言う。

「あ、ああ……っ」

ロレッタはその場でくずおれ、力なく泣き始めた。

さめざめと涙を流す姿が不憫だったが、エレノーラはモーリスが自分にも照準を合わせていたことに驚きを隠せない。

そんなエレノーラの震える肩を抱き、ジェイクは安心させるように言葉を継ぐ。

「クズなりに考えた結果、エレノーラとアンジェラを手放したことが惜しくなったらしい」

「そ、そんな一朝一夕に決められることではないじゃないですか……」

もしいま自分が実父だからアンジェラを渡せとモーリスに言われても、ここまで育ててきたのはエレノーラだったから、簡単には頷けないだろう。しかし正式な書類をもって証明されてしまえば、場合によっては奪われる可能性もある。

その手順も踏まずに一時の感情に任せて振り回されたのではたまったものではない。

「それにモーリスさま……あなたにはいま、ベアトリスさんがいらっしゃるじゃないですか。彼女を愛するのが筋だと思いますし、ロレッタさんを騙《だま》したことは許せません」

「………」

モーリスは何も言わない。あちこち汚れて頬には殴られたような傷もあることからして、彼はジェイクたちに相当反抗したようだ。

「僕は……エレノーラとアンジェラを愛しているんだ」

この期に及んでまだそんなことを言うものだから、ロレッタは三度泣き崩れ、エレノーラは混乱する。

けれどこれだけは自分自身の口から告げないといけないからと、エレノーラはモーリスと、それからジェイクに向かって言った。

「モーリスさま、私はいま、ジェイクさまを心よりお慕い申しています。愛しているのです。あなたの仰る軽い愛などではなく、心から、命を懸けて愛しているのです」

「エレノーラ……」

ジェイクが感慨深げに呟く。

そんな夫に愛を込めた眼差しを向け、それから軽蔑するようにモーリスに目を戻した。

「それにアンジェラは血の繋がりではあなたの子かもしれませんが、間違いなく私の、そしてジェイクさまとの愛の結晶となりました。ですから、今後もこの子のことはお任せいただきたく存じます」

ねえ、アンジェラ——と、愛娘に了解を取るように言ったら、アンジェラはエレノーラにぎゅっと抱きついてくる。

アンジェラはこんなところで出自の秘密を知ってしまい、少々酷だったかもしれないが、彼女の前でもはっきりさせておく必要があった。その通り、アンジェラは言い聞かせるように口を開く。

「アンジェラのパパは、ジェイク。ママは、エレノーラ」

拙い言葉遣いながらも、アンジェラは必死で訴えた。

「ああ、アンジェラ。君の父親は俺だ」

ジェイクが微笑み、アンジェラに向かって手を伸ばす。

アンジェラは今度はジェイクの許に行くと、彼の厚い胸板の中に抱かれた。

そこにエレノーラも寄り添うと、そこには理想の家族の姿があった。

仲睦《なかむつ》まじい親子の様子をモーリスに見せたことで、いよいよ窮地に追いやられたらしい。モーリスは諦めたようにうなだれる。

「……すまなかった。もう振り回さないと約束する」

これで丸く収まったとエレノーラがほっと胸を撫で下ろすも、ジェイクは許していないよ

うだ。険しい顔で、モーリスに剣先を突きつけた。

「ほう。武力行使までしておいて、これで済むと思うのか？」

アレックスもレベッカも一緒になってモーリスを包囲する。

しかしここで声を上げたのは、なんといつもは慎ましやかなエレノーラだった。エレノーラは前に進み出て、モーリスを守るよう立ちはだかる。

「ジェイクさま、アレックスさん。お願いでございます。モーリスさまを許してやってください」

「なっ……エレノーラ！」

驚愕したのはジェイクだ。

「こいつは君を身勝手な理由で自分のものにしようとしたんだぞ!?」

「わかっています。ですが、愛も娘もほしかったものをすべて失うのです。それだけでこの方には充分罰となりましょう。どうか許しを与えていただけないでしょうか？」

エレノーラの訴えに、モーリスを含む全員が毒気を抜かれたような顔になった。

いち早く我に返ったジェイクが、はあっと大仰にため息をつく。

「愛する妻の願いなら、聞かないわけにはいかないな」

「さすがジェイクさまの奥さまです」

「エレノーラさまはお優しいですから」

アレックスもレベッカもエレノーラを賞賛した。

「ありがとうございます、ジェイクさま」

エレノーラはぱっと顔を輝かせ、愛する夫に礼をする。

そうしてモーリスは解放された。次に何かやらかしたら国を統括する陛下に訴え、貴族社会から追放させるということは、ジェイクが念押ししたが。

それから無事に見つかったアンジェラ、それにロレッタも連れて、一行はウィルキンズ領に帰っていくのだった。


三日かけてウィルキンズ家の屋敷に着いたのが夜中だったにもかかわらず、玄関ホールにはコーデリアとカルヴィンを始めとした使用人たちがそろっていた。連日の走り通しでやや疲れた顔を見せていた馬丁のロイドもまたその列に加わる。

「こんな夜更けになんの騒ぎだ？」

ジェイクが訝しげに問う。

アレックスは不穏な空気でも察したのか、レイピアの束に手をかけた。

レベッカがそれに続く。

ひとり困惑するエレノーラとアンジェラを守るようにジェイクが先頭に立ちはだかると、使用人たちは全員深く頭を下げた。

代表としてなのか、コーデリアとカルヴィンが顔を上げて口を開く。

「お帰りなさいませ、旦那さま。此度《こたび》の遠征、大変お疲れさまでした」

「つつがなくアンジェラさまをお救いなされたようで、一同安堵しております」

そして彼らが同時に「誠に申し訳ございませんでした」と言うと、うしろの使用人たちも復唱した。

「コーデリア、カルヴィン……」

心からの謝罪に感じ入ったようなジェイクだったが、彼らのせいで今回の事件が起きたのだ。主を欺いた使用人はそれ相応に処罰するのが領主としての仕事だろう。

(彼らのせいでアンジェラがさらわれ、あんなことに巻き込まれてしまった……けれど、罰を与える必要があるのかしら。悪気があったわけではないのに――)

黙考するエレノーラの横をすり抜け、あとから来たロレッタが前に進み出た。使用人たちを庇うようにして、ジェイクに申し立てる。

「お兄さま。コーデリアもカルヴィンも、ほかの皆も、あたしのわがままを聞いてくれただけです。ですから、罪はすべてあたしにあるんです」

お願いだから許してほしいと、ロレッタが必死に謝罪した。

しかしロレッタの背後にいる使用人たちは口々にロレッタを庇う。

「ロレッタさまに悪意はなかったんです!」

「処罰するならばわたしたちを!」

「旦那さま、お願いします!」

森番のスペンサーも門番のテッドも、園丁のホレスも馬丁のロイドも、そして今回の件に関わってはいなかったが黙認していたコック長のエディーも衣装室のサンドラも、皆がロレッタに罪はないのだと訴えた。

エレノーラからすると高飛車で傲慢なロレッタだったが、彼女を幼いときから知る彼ら使用人たちとの間には確かな絆《きずな》があるようである。故マリアンヌの面影を残しているらしいことも、彼らの信用と忠誠心を集める要因になっているのだろう。

「だが——」

言いかけたジェイクの袖を、エレノーラがうしろからそっと引く。

「エレノーラ？」

「どうかお許しを……私はこれからも、皆さんと仲よく暮らしていきたいです」

ジェイクはやれやれとため息をつき、大きく肩をすくめる。

そのやりとりを見ていたアレックスは即座に抜きかけたレイピアを鞘に収め、レベッカにも武装を解くよう目配せした。

「ロレッタはしばらく屋敷の外に出るのを禁じる。そしてお前たちの処罰は特になしとする。これでいいか？」

するとロレッタは目に涙を浮かべ、「本当に申し訳ございませんでした」と消え入りそうな声で言う。使用人たちもそろってもう一度頭を下げた。

エレノーラも微笑む。

それだけでもうジェイクはいつもの調子に戻った。

「コーデリア、軽食を用意してくれ。皆疲れている。カルヴィン、不在の間の書類を」

コーデリアとカルヴィンは「かしこまりました」と、それぞれの仕事に戻っていく。

使用人たちもようやく解散してくれた。

「わたくしはロレッタさまをお部屋にご案内します」

アレックスがロレッタにについてくるよう促す。

ロレッタがこの屋敷を出てから、彼女の部屋はいまエレノーラが使っている。ロレッタのために新たな部屋をしつらえなければならないのだ。

「任せた」

ジェイクはアレックスに短く答える。

「わたくしはアンジェラさまを寝かせてまいります」

レベッカは眠そうなアンジェラを連れ、正面の大階段を上がっていく。

残されたエレノーラとジェイクは、ようやく安堵の息がつけた。

「ジェイクさま。私、感激しました。モーリスさまにもコーデリアさんたちにも罰を与えず、寛大なお心で許してくださいました。あなたこそ立派な領主だと思います」

「エレノーラ……」

ジェイクは目を細め、エレノーラに手を伸ばす。

自然に手と手が繋がれ、ふたりは目を合わせながら歩き出した。

ジェイクに手を引かれ、エレノーラは幸せを噛み締めていた。

執務室に用があるジェイクと途中で別れ、エレノーラは自室に向かっていた。その途中、ドアがうっすら開かれた部屋を見つける。

(ここは空き部屋だったと思うけど……)

ドアの隙間から明かりが漏れているから、誰かがいるようだ。

不思議そうにちらりと覗くと、なんとアレックスとロレッタがいた。しかもふたりは情熱的なキスを交わしていたのだった。

「────」

驚きのあまり足下をもつれさせ、かろうじて声を出さなかったが、かたんと音を立ててしまう。

「誰だ!?」

即座に反応したアレックスだったが、ドアの向こうにエレノーラの姿を見て取ると、恥ずかしそうに顔を伏せた。

ロレッタもまた顔を真っ赤にしてそっぽを向く。

「ご、ごめんなさい、私、部屋に帰るところで……!」

「い、いえ!　こちらこそみっともないところをお見せしてしまいました」

アレックスが慌ててドアの前に来ると、エレノーラに申し開きした。

「実はわたくしは、ロレッタさまのことを昔からお慕いしておりまして――弱ったお心をお慰めできるならと、つい調子に乗ってしまい……」

アレックスのうしろでロレッタもまた道中でほだされたこともあり……と、口ごもる。

「アレックスさん」

エレノーラは微笑む。

「ジェイクさまには内緒にしておきますから、ご安心ください」

「エレノーラさま……！　ありがとうございます」

心底安心した様子で、アレックスが息をついた。

（あれ、でも、ということは――）

エレノーラの中にある唯一の懸念事項が首をもたげる。

「アレックスさんは、男色家ではないということですか？　それともバイセクシャルなのですか？」

その言葉にアレックスの目が点になる。

ロレッタもぎょっとしたのだろう、目を丸くした。

「アレックスが男色家でバイセクシャルですって？」

「え、ええ……実はずっとジェイクさまとの関係を考えてしまっていて……」

するとふたりは同時に笑い出す。

「え、え？　何がおかしいのです？」

ひとり狼狽するエレノーラに、「申し訳ございません」とアレックスが喉で笑いながら言った。ロレッタのほうは久々に忌憚《きたん》なく笑えたのか、目に涙まで溜めている。

「それをずっと真面目に考えておられたのですか？」

「そうです。だってレベッカもおふたりが怪しいところを見たと言っていたから……」

なるほどと、アレックスが頷いた。

「いろいろ誤解があるようですが、わたくしもジェイクさまも男色家ではありません。ジェイクさまは婚期を逃してきたので、社交界ではそう噂されることもございましたが、エレノーラさま一筋でございます」

「アレックスさん……」

直接ジェイクに言われたわけではないのに、自分に一筋という言葉が心に染みる。

(私ったら、長いことなんて勘違いを……！　ジェイクさまに謝らなくてはならないわ)

「エレノーラさん」

はっとして顔を上げると、ロレッタが前に立っていた。

「あたしのやったことを許してくれとは言えないけれど、兄を幸せにしてあげて」

「もちろんです」

即座に首肯するエレノーラを見て、ロレッタは安心したように微苦笑を浮かべる。

「あ、でも、このことはまだ内緒にしてね！　あたしも前々からアレックスが気になっていたんだけど、今回のことがあって見直しちゃったの」

「お願いいたします、エレノーラさま。ジェイクさまにショックを与えたくないのです」

相変わらず高飛車なところがあったが、それを込みでアレックスはロレッタを愛しているのだろう。アレックスもまた真剣な面持ちで一緒に頼んできた。

だからエレノーラは笑顔で承諾する。

「それもわかっております。いずれジェイクさまにも認めていただけるよう、私も力になりますわ」

そうふたりに約束すると、その場をそっとあとにした。


「エレノーラさま」

もうすぐ自室に着くというところで、今度はコーデリアに声をかけられた。

エレノーラが振り向くと、彼女は茶と軽食を載せたカートを押している。

「お疲れでしょう。ジェイクさまとお寛ぎになってはいかがですか？」

「ええ、でも……」

アンジェラのことが気になっていたので言い淀んでいると、ちょうど行く先からレベッカが小走りにやってきた。

「アンジェラさま、お休みになりました」

「あら」

（ずっと馬車に缶詰だったし、いろいろあったものね。アンジェラも疲れていて当然だわ）

事情を察したらしいレベッカも、ジェイクと一緒に休むよう進言する。

「こちらは問題ございませんので、どうかジェイクさまの許へ行って差し上げてください」

「そう、わかったわ。ありがとう」

エレノーラはコーデリアに従い、自室に戻るレベッカとは反対方向に歩き始めた。


見慣れない観音開きの扉の前に案内され、エレノーラは戸惑う。

「ここって……ジェイクさまの執務室でもないと思うのだけれど――」

「はい。留守中、こちらをおふたりのために整えておきました」

毅然としたコーデリアの言葉に、エレノーラはきょとんとした。

コーデリアがノックすると、中から入室するよう声がかかる。

扉を開けたところで、そこにジェイクがいるのがわかった。ソファに腰かけ、足を組んでふたりを迎える。

コーデリアはすぐにふたり分の茶と軽食の給仕を済ませると、気を利かせたのか「失礼します」とさっさと部屋を出ていってしまう。

エレノーラは急にジェイクとふたりきりにされ、未だ呆然としていた。

「ここに座れ、エレノーラ」

ジェイクがにこにこと笑い、ソファの座面をぽんと叩く。

「は、はい……」

未だ夢心地のようにぼんやりとソファに座り、周囲をとっくりと眺めた。

豪華な調度品や装飾具が並ぶこの広い部屋に圧倒されていると、ジェイクがくっと面白そうに笑う。

「ここは前から夫婦の部屋にしようと思っていたんだ」

「えっ」

「いろいろあったから工事を先延ばしにしていたんだが、コーデリアたちが留守中に整えておいてくれたらしい」

「そうだったのですね」

ようやく納得がいき、エレノーラがほうっと感嘆した。

「でもこんなに素敵なお部屋――」

「遠慮することはない。君はウィルキンズ伯爵夫人なのだから」

「ジェイクさま……」

改めて言われると、そうなのだと実感する。

しかしジェイクは唐突に顔を曇らせた。

「ただ馬車でおかしな雰囲気だったことが気になっている。何かあるなら言ってほしい」

だからといって君を放すようなマネはしないが……と、ジェイクがおどけたように言う。

「そんなこと——」

言いかけて、ジェイクの男色家疑惑による不審だと思い至り、エレノーラは慌てて取り繕う。

「本当にすみませんでした。たいしたことではないのです。嫉妬してしまって……」

うつむき、膝の上で手を組んでいると、ジェイクが手を重ねてきた。

「嫉妬？　いったい誰に？　俺はエレノーラ、君一筋だと言っただろう？」

「…………」

エレノーラは考え込んでいたが、夫婦の間に秘密があってはいけないと、意を決して真相を告げることにする。

「実は……アレックスさんのことがお好きなのかと。ジェイクさまは男色家なのではないかと思い込んでおりました」

申し訳ございませんと、エレノーラは心から謝罪する。

ジェイクは唖然として、エレノーラを見つめた。

「俺がアレックスと!?　いったいどこからそんなことが——」

声を失うジェイクに、エレノーラはしゅんとなってうなだれる。

「ええ、誤解だとはわかりました。先ほどアレックスさまと……」

その先を言おうとして口をつぐんだ。

（ロレッタさんとのことは内緒だから、ふたりの件で誤解が解けたとは言えないわ）

うーんと唸ってしまうエレノーラの手を、改めてジェイクが取る。そしてその甲にキスした。ちゅっと甘やかな音が鳴り、エレノーラはつい心臓を高鳴らせる。

「誤解が解けたのならなんでもいい。俺には君しかいない、エレノーラ。愛している」

「ジェイクさま……私も、私も愛しております」

素直な気持ちを告げると、胸のうちがぽかぽかしてきた。

ジェイクも同じなのだろう、頬を赤らめ目を細めている。

「せっかくコーデリアが用意してくれたんだ。疲れているだろう？　少しどうだ？」

ジェイクは紅茶の入ったカップに、小瓶に入った蜂蜜を少し入れた。それをエレノーラに勧めると、エレノーラはありがたくカップを受け取る。温かい紅茶をこくりと口に含んだ。喉に流し込むと、甘さが身体に染み渡り、疲れが飛んでいくような気がした。

「おいしいです。ありがとうございます、ジェイクさ——んんっ」

エレノーラは目を丸くする。カップを取り落とさなかっただけ幸いだったが。

いきなりジェイクが口づけてきたのだ。すぐに離れた彼は、唇を舐めにやりと笑う。

「いつも君のキスは甘いが、蜂蜜がまたいいアクセントになっているな」

「まあっ、そんなこと……！」

恥ずかしくてさっと顔を赤らめて背けるも、ジェイクは許してくれなかった。顎と頬に手を添えられ、再び口づけられる。

「ふっ……ん……」

最初は唇をついばむだけだったのに、そのうち舌を絡めて深くなっていく。ちゅ、ちゅっと、淫らな音が漏れ出た。

そっとソファに押し倒される。

ジェイクはエレノーラに覆い被さり、首筋に顔をうずめた。

「あっ」

柔肌を軽く嚙まれ、嬌声が上がってしまう。

ジェイクの愛撫に夢中になっていたせいか、手の甲にひやりとした感覚がするまで、彼がこっそり何をしようとしているのかわからなかった。

「え……？」

不思議に思って目を開くと、手の甲には先ほどの蜂蜜が垂らされていた。

ジェイクがくくっと喉で笑う。

「いや、すでに甘いエレノーラに蜂蜜を足したらどうなるかと思って」

「もう、ジェイクさまったら！」

かああっと頰を染め、蜂蜜を拭き取ろうとしたら、ジェイクにやんわりと止められた。

「俺がやろう」

「ありがとうございます——って、あっ」

手の甲にぺろりと舌を這わされ、ぞくぞくと背筋に震えが走る。

「甘い」

「当然です！」

エレノーラが手を引こうとするも、ジェイクは指の間や指先まで舌で舐め上げてきた。

「ふっ、ぅん」

それが快感だということに、エレノーラが遅れて気づく。

「や、や……め……」

弱々しく声を上げるも、ジェイクは執拗《しつよう》に舌を伸ばす。

「エレノーラ。君の喘ぎ声が俺をこんなにする」

「え――」

ジェイクは舐めていたエレノーラの手を持って、自身の股間に滑らせた。

そこに硬質で確かな存在を感じて、エレノーラは目を白黒させる。

「あ、あの、こんなにっ……」

以前奉仕したときより、ずっと太く長く、硬い気がした。それほどジェイクが興奮しているということだろうか。

「いま俺が君の手を舐めたようにできるかい？」

最初何を言われているのかわからなくてきょとんとしていると、なんとジェイクがその場でトラウザーズの前をくつろげた。

「――っ!?」

腹につきそうなほどそそり立つ彼の雄が現れ、エレノーラは絶句してしまう。

ジェイクの剛直は赤黒く、竿はどくどくと脈打ち、先端からは先走りの液が漏れ出ていた。

エレノーラの反応を見ながら、ジェイクは彼女の手で自分のものを握らせる。

「ん！」

瞬間、びくんと肉棒が動いたことに驚くも、エレノーラは乞われるがまま手を動かす。

「あ……」

ジェイクが感じ入ったような声を出した。

（ジェイクさまの、相変わらずすごく大きくて、硬くて……こんなものがいつも私のあそこに――）

自然、ごくりと喉を鳴らしてしまい、エレノーラは慌てて唾を飲み込んだふりをする。

けれどジェイクの熱い楔《くさび》を擦っていると、なぜだか下肢がずくんと甘く痺れてしまうのだ。

「前よりうまくなったね、エレノーラ」

親指の腹で先走りの液をすくい取り、全体に馴染《なじ》ませていると、スムーズにしごくことができる。エレノーラはいつの間にか夢中になって彼の雄々しい息子を撫でさすっていた。

次第に焦れたのか、ジェイクが眉根を寄せ、エレノーラの腕を引く。

「た、頼む――」

「は、はい」

我慢できないとばかりに、ジェイクは猛った雄をエレノーラの口元に近づけた。甘酸っぱい匂いを前に、エレノーラはとくとくと心臓の音を速めながら舌を伸ばす。舌先でちろりと鈴口を舐めたら、思わずといった態でジェイクの腰が浮いた。

「う、ぅ」

エレノーラは肉傘を丹念に舐めたあと、竿に向かって舌を滑らせる。つうっと根元から這わせてみると、ジェイクはますます追い詰められたような声を漏らした。

「エ、レノーラっ」

「ジェイクさま、気持ちいいですか？」

確認するように聞くと、ジェイクがこくこくと首を縦に何度も振る。

「ああ、すごい。君の舌がこんなにもいいとはな……エレノーラ、口を使いながら手でもしごいてみてくれ」

「はい」

言われた通りに手で擦りつつ、口腔を開いて先端を呑み込み、舌で舐め回す。

ジェイクの肉杭《にくくい》はさらにびくびくとうごめき、快感を訴えてきた。

するとジェイクはおもむろにテーブルの上にあった蜂蜜の小瓶を取り、自らの分身にとろりとかけていく。

「あっ——」

エレノーラが動揺している間に、ジェイクの一物は蜂蜜まみれになった。

ジェイクが冷たさを堪えながら、「これで舐めやすくなったか？」と問うてくる。

「も、もう、ジェイクさまったらっ」

恥じ入るエレノーラだったが、彼が悦《よろこ》ぶとわかってからは懸命に舐め続けた。蜂蜜の甘さにジェイクの苦み走った味が混じり、唾と一緒に飲み下していると、とんでもなく官能的なことをやっている気がして仕方ない。

「ふぅっ」

息継ぎも大変だったけれど、ジェイクが自らも腰を動かし始めてしまい、もう口外に出すことはできなくなっていた。蜂蜜まみれの舌と手で、精一杯愛撫し続ける。

「は、ぅっ、ん」

「う……エレノーラ、いきそうだっ」

こくこくと頭だけで承諾の意を表すと、ジェイクはエレノーラの口の最奥を突き、間もなく自身を引き抜いた。

「い、いく！」

言った途端に、ジェイクの先端からびゅくびゅくと精が弾ける。

「あ、ぁ――っ」

飛び出した白濁はエレノーラの顔を濡らし、ドレスにも散っていった。

はあはあと肩で息をしながら、ジェイクは「すまない」と言ってエレノーラの顔をテーブルの上にあったナプキンで拭ってくれる。

「ドレスも汚してしまったな。脱げるか？」

「はい」

頷き、エレノーラは素直にドレスを脱いでいった。コルセットやペチコートも外し、完全な裸体となる。

「あの恥ずかしいので洗濯は私が――きゃっ」

まったくもって性的な意味を持たないで言ったら、エレノーラはジェイクに無理やり押し倒されていた。

ぱちぱちと目を瞬いて眼前のジェイクを見れば、彼の瞳にはなおも情欲の灯火が宿っている。

「本当に君は素直ないい子だ」

「ジェイクさ――あ、あっ」

仰向けのエレノーラに、ジェイクは遠慮なく蜂蜜を垂らしていった。胸元に、腹部に、足にと、中身がなくなるまでかけ続ける。冷たくぬめる感触がたまらなくて、気づけばジェイクの上着を握り締めてよがっていた。

胸の頂は赤く熟れ、ジェイクの目を引いたようだ。彼は覆い被さると、乳首に舌を這わせてくる。じゅっと音を立てて吸われ、エレノーラの腰が浮いてしまう。

「や、ぁ、っ……んんっ、そこ」

「ああ、こんなに硬くしこって、俺に触れられるのを待っていたんだな」

うれしそうに言い、さらに舐め回すジェイク。バラ色に染まった肌に、ゆっくりと、丹念に肉厚の舌を滑らせていった。

「ああっ、し、舌、ダメぇっ」

「甘いよ、エレノーラ」

満足げに呟きながら、ジェイクの顔は少しずつ下へさがっていく。

へそに舌を入れられたときには、思わず背が弓なりに反った。

「うぅんっ、ん、あ、あぅっ」

「そんなに甘い声を出して、ここはどうなっているんだろうな」

くくっと楽しそうに笑うジェイクがエレノーラの太ももを持ち、大きく足を開かせる。

「や、ダメぇ、ダメぇっ」

股間が洪水になっている予感がしたから、精一杯抵抗したけれど、ジェイクの手を止めることはできなかった。

あまりにも恥ずかしすぎて、エレノーラは顔を手で覆ってしまう。

「……すごいな」

ごくっと、ジェイクは喉を鳴らす。そのまま顔をエレノーラの足の間にうずめ、花びらに口を近づける。蜂蜜が垂らされた花園には、本当に蜜が溜まっていた。ジェイクはそこを容赦なくすする。

ずずっと音を立てられ、強い快楽がエレノーラを襲った。

「んぁあっ！」

つんと飛び出した肉粒を見つけると、優しく舌で包皮をむいていく。蕾はきゅっと収縮して、ジェイクの舌を受け入れた。

「あ、ああっ、きもちっ……そ、それ、ジェイク、さまぁっ」

「もっと俺の名を呼んでくれ」

ジェイクの荒く熱い息が、エレノーラの秘部にかかる。それだけで感じてしまい、エレノーラはびくびくと腰を震わせた。

「ジェ、イク、ジェイクさまぁっ」

「ふたりのときは呼び捨てで構わないから」

「ジェ、ジェイク？」

「そうだ」

エレノーラは与えられる愉悦にわななき、目に涙を溜めて懸命に快楽を逃す。夫の名を敬称抜きで呼ぶと、いけないことをしているような気になって、より官能的だった。

「ジェイク……！」

「どうしてほしい？」

ここまできて、意地悪く聞くジェイク。

もう少しで達せそうなところで、エレノーラは泣きながら懇願した。

「い、いきたい、ですっ……お、お願い……！」

「わかった」

にっと口角を上げたジェイクは再び顔をエレノーラの股間に近づけ、秘裂に沿ってつうっと舐め上げていく。ぞぞっと背筋に震えが走り、エレノーラは腰を浮かせて彼の舌技を精一杯受け止めていた。

「んんっ、いいっ、いいの、あ、ああ……っ」

それから蜜口に舌を入れられ、じゅくじゅくと音を立てながら出し入れされる。

「も、もうダメ――！」

エレノーラはかすれた声を上げ、ぎゅっと身体を硬くした。全身から汗が噴き出した瞬間、ずくんと何かがエレノーラの中を貫き、視界が明滅する。

「はあ、はあ」

涙をこぼしながら、エレノーラは絶頂に飛ばされた。

強すぎる快感に肩で息をし、愛する夫と目を合わせる。

ジェイクはもう我慢できないとばかりに衣服をすべて脱ぎ去っていた。筋肉がつき、よく締まった身体を前に、エレノーラは思わず惚れ直してしまう。

「エレノーラ、おいで」

「え――」

気づいたときには、エレノーラはジェイクに横抱きにかかえられていた。

「あ、あの!?　どこへ――」

「続きの間だ」

言うや否や、ジェイクはエレノーラをかかえたまま、隣の部屋に入っていく。そこは寝室になっており、真ん中にはキングサイズで天蓋つきのベッドが鎮座していた。

「素敵……」

思わずそう言っていたら、ジェイクが笑う。

「コーデリアたちが一生懸命やって整えてくれたそうだ。せっかくだからソファじゃなくて、ベッドでちゃんと愛し合いたいと思ってな」

「ま、まあ！　ジェイクさまったら……」

先ほどまでの行為を棚に上げ、エレノーラは恥ずかしそうに全身を赤くした。

ジェイクはエレノーラを優しくベッドに下ろすと、彼女のおとがいを掴み、そっと唇を重ねる。結婚式をしていないので誓いのキスもしていなかったが、それはまるで愛を乞われているような、ロマンチックなキスだった。

「ジェイクさま……」

唇が離れたことをやや不満に思いながら、エレノーラは熱っぽくジェイクを見つめる。

「その目、それはやばい」

ジェイクもまたその淫猥な挑発を受けて立とうとするように、エレノーラを野性的な目で見つめ返した。

そしてふたりはどちらからともなく抱き合い、激しくキスをし始める。

「ん、んぅっ、ふっ」

くちゅくちゅと唾液が混じり合い、エレノーラの口角からつうっとこぼれ落ちていく。

ジェイクはそれを舌で辿り、エレノーラを押し倒しながら首筋、鎖骨と愛撫した。

「あ、んんっ」

豊満な両の胸を揉み、尖った先端を指先でくりくりとつまむと、エレノーラが跳ねる。

「はぁっ、あ、ん……きもち、きもちいいっ」

「エレノーラ……どこが気持ちいいんだ？」

意地悪い夫の質問に、しかし快楽により酩酊《めいてい》状態のエレノーラはたどたどしく答えた。

「わ、わたし、の……む、胸、胸です……！」

「そうだな。ではここはどうだ？」

「？——んんっ！」

ジェイクの手が下に伸ばされ、和毛を越えて秘部に届く。すっかり濡れているそこに指を這わされ、エレノーラがびくんびくんと腰を揺らした。

「そ、そこはっ……あ、ダメ、いっぱいしたら、ダメぇ」

ちゅく、ちゅくっと水音をわざと鳴らされ、耳まで犯されているような気になってしまう。

ジェイクは蜜を潤滑油に、ずくっと秘孔に指を差し込んでいった。

「ふ、ぁん！　ああっ……い、いいっ、いいの！」

「エレノーラは何本咥《くわ》え込めるかな？」

どことなく楽しそうなジェイク。彼は抽挿しながら指を一本、二本と増やす。

奥まで入れては浅いところまで引くという行為を繰り返し、エレノーラは恍惚として彼の指を受け入れていた。

しかしどこかもの足りなくなるのに、そう時間はかからなかった。

「ジェイク、ジェイクっ」

「どうした、エレノーラ？」

「わ、私、も、もう……っ」

涙目で縋りつくと、ジェイクにも伝わったらしい。野性的な瞳に、獲物を征服したいという色が浮かんでいた。

「もういいのか？」

「……っ」

エレノーラは回らない頭で一応思案してみる。それでも答えはひとつしかなかった。だからジェイクを前にこくりと頷く。

「ええ、ジェイク。お願いよ」

懇願されたのがたまらなかったのか、ジェイクが性急な動作で自身の身体をエレノーラの足の間に割り込ませてきた。しかしなぜかすぐに挿入せず、いとおしそうにエレノーラの頬を撫でる。

「俺の願いも聞いてくれるか？」

「？　もちろんですが……」

きょとんとするエレノーラの髪に手を絡ませ、ジェイクはそれを口にした。

「アンジェラはもちろん愛している。間違いなく俺の子だ。だが——」

「だが？」

何を言われているのかわからずにそう復唱すると、彼は真摯な眼差しを向けてくる。

「もうひとり子供がほしい」

「ま、まあっ!?」

エレノーラは驚くも、そう言えばこの行為は子供を作るものなのだと、改めて思い至った。

(愛し合うためのものかと思っていたけれど、子供を作ることだものね)

エレノーラにはアンジェラがいる。実の娘ではないが、ジェイクが言ってくれたように、いまはもう間違いなくふたりの子である。だけど——

「もちろんですわ」

気づけばエレノーラはそう答えていた。

ジェイクは歓喜し、エレノーラを抱き締める。

「次は男の子がいいな」

「そうなるといいですね」

「男ができるまで子作りしよう。だから最初は女でもいいな」

「も、もうっ、ジェイクったら……！」

かあっと顔を赤くして、エレノーラはふたりの未来に思いを馳せた。

（アンジェラにも兄弟ができるかもしれないんだわ。愛するひととの間に子供を持てるかもしれないって、こんなにも幸せなことだったのね）

「エレノーラ」

「はい？」

「生殺しだ。そろそろいいか？」

「あっ、ご、ごめんなさい！」

ついうっかり子作りが棚上げされていたのだ、エレノーラは改めて集中する。

ジェイクは己自身を持つと、エレノーラのぬかるみに先端を埋めた。

「ん――」

それだけでぞくっと感じてしまい、エレノーラはふるふると震える。

「ああ、エレノーラ……」

ジェイクはうわごとのように言うと、ゆっくりと自身を挿入していった。

ず、ずずっと肉棒と膣壁がこすれるのが、たまらなく気持ちいい。

「んぁ、ああ、あああ！」

ジェイクは腰を落とし、エレノーラの最奥にずっくりと肉杭を打ちつけた。

はあはあと、再びふたりで息を乱し、互いを見合う。

濡れた瞳を見交わしながら、ジェイクは抽挿を始めた。

「ああっ、んぁ、あっ、や、はんっ」

一度は達しているというのに、まだまだ足りないとばかりに互いを存分に味わう。

「ああ、エレノーラ！」

「んぅあ、あ、ジェイク、ジェイクっ」

名前を呼ぶと、快感が増す気がした。

愛する人と及ぶ行為は、なんと気持ちいいのだろう。

ジェイクは腰を押し回し、エレノーラを翻弄する。

「はぁ、あっ、き、もちっ、きもちいいっ」

「俺もだ、俺もっ……エレノーラ、君のが絡みついてきて——」

無意識にぎゅっと膣に力を入れ、ジェイクのものを締めつけていた。そのほうが媚肉《びにく》に触れる部分が多くて、より快楽を生み出すようだ。

「ああ、も、もう——すごくて、すごすぎて……ダメ、ダメなのぉっ」

エレノーラはリネンを握り締め、強い快感に耐える。

けれども押し寄せる波は止めようがなく、間もなく限界を迎えた。

「あああ！」

瞬間、膣内が蠕動運動を始め、ジェイクの剛直を奥深くまで呑み込む。

「くっ——エレノーラ、それは……！」

さらに締めつけられ、刺激された灼熱《しゃくねつ》の楔は、その場でぱあんと弾けた。

「あ、ああ……っ」

どくどくと、胎内にジェイクの子種が広がっていく。子宮口をノックされる感覚が気持ちよくて、陶酔に浸った。

「う、う……」

ジェイクは最後の残滓に至るまで、エレノーラの最奥に白濁を注ぎ続ける。

あまりの充足感に、エレノーラは思わず意識を手放してしまいそうだったが、快楽の余韻に浸りながらもジェイクが汗まみれの身体で抱き締めてきたので、必死に抱き締め返した。

「君が最高だ、エレノーラ……愛している。アンジェラとともに一生愛することを誓おう」

「ありがとうございます。ジェイク、私も一生愛しています。大好きです」

ジェイクはエレノーラに口づけして、改めて愛を誓う。

（これが私の幸せの形だったんだわ——！）

旦那さまに娘とまるごと愛されて、エレノーラは今度こそ眠りに落ちていった。

終章　四人の幸せな生活

よく晴れた空の下、大聖堂の鐘がゴーンゴーンと鳴り響く。ステンドグラスが太陽を受け、色とりどりの光を聖堂内に降り注いでいた。

司祭の前にはウェディングドレス姿のエレノーラ、そしてタキシードをまとったジェイクがいる。エレノーラのヴェールをうしろで持っていたのは、誘拐事件から二年が経《た》ったアンジェラだ。白を基調とした子供用のドレスに身を包み、神妙な顔で義母と義父の背中を見つめている。

聖堂内に並ぶ椅子にはウィルキンズ家の親戚や関係者が集まり、改めて新たな門出を迎えるふたりを祝福していた。その中にはロレッタと、彼女に寄り添うアレックスもいる。控えめな黄色いドレスのロレッタは幼い赤子を抱いている。赤子はすうすうと穏やかな寝息を立てているようだ。

指輪の交換が終わり、誓いのキスの番になる。

ジェイクが向かい合うエレノーラのヴェールを持ち上げると、涙を浮かべた彼女の美しい顔があらわになった。

「ふふ、泣いているのか？　今日はめでたい日だぞ」

「わかっていますが、うれしくて……」

ジェイクは微笑み、エレノーラの涙を指先で拭う。

「式を二年も待たせて悪かった。君ががんばったから、もう周囲を気にする必要がなくなったんだ。愛している、エレノーラ」

エレノーラはこの二年、領主の妻として振る舞うだけでなく、ウィルキンズ伯爵家の夫人にふさわしい女性になるようにと常に力を尽くしてきた。相変わらず使用人たちにも優しく、愛娘も大切に育て、晴れて皆から敬愛される存在となったのだ。非難を浴びることも隠すこともなくなったので、大々的に挙式するに至ったわけだ。

「私も愛しております、ジェイクさま」

ジェイクがエレノーラにキスすると、大きな拍手が聖堂内に響く。あちこちから「おめでとう！」という声が聞こえていた。

ふたりはバージンロードを出口に向かい歩いていく。

途中、ロレッタが立ち上がり、抱いていた赤子をエレノーラに託した。

「ロレッタさん、オーガスタスを見ていてくださってありがとうございます」

「いいのよ。もうすでに幸せだと思うけど、お幸せにね！」

にこりとエレノーラは笑い、我が子の顔を覗き込む。

オーガスタスはこんなにも騒がしくなったというのに、相変わらず寝入ったままだ。ふくふくの赤い頬をちょんと突くと、オーガスタスの口がもごもごと動く。

そんなかわいい息子にとっくりと見入っていると、ジェイクから声がかかった。

「おいおい、エレノーラ。俺を忘れないでくれよ。今日は俺たちの日なんだから」

実の息子に嫉妬するジェイクもかわいくて、エレノーラがくすくすと笑う。ちなみに以前、男の子が産まれるまでは子作りすると言ってはばからなかったジェイクだが、オーガスタスが産まれたあともエレノーラはまったく関係なく愛されていた。

「ふふっ、そうでした。すみません」

エレノーラは再びジェイクとともに歩き出したが、今度はうしろからヴェールを引っ張られ、再び足を止めることとなる。

不思議に思って振り返ると、六歳になったアンジェラがヴェールを摑んだまま下を向いて立ち尽くしていた。

何事かと思い、エレノーラとジェイクは拍手喝采のバージンロードを少し戻ると、娘の前に来る。

「どうした、アンジェラ？　具合でも悪くなったのか？」

「アンジェラ、何かあったの？」

ジェイクとエレノーラの質問に、ようやくアンジェラは顔を上げた。しかしその表情はくしゃりと歪み、いまにも泣き出しそうだ。

「……ママ」

「ん？」

オーガスタスを抱いているのでアンジェラには触れられなかったが、エレノーラは精一杯耳を傾けた。

そんな姿を見て、アンジェラの顔がますます歪む。

「ママ、もうアンジェラはいらないの？」

「っ!?　何を言っているの！」

エレノーラは慌てて娘の懸念を否定した。

「ママはアンジェラが大好きで大事よ！」

「でも、オーガスタスが、パパとの本当の子がいるから……」

エレノーラとジェイクは、なるほどと胸中で頷き合う。

ジェイクが気を利かせてオーガスタスを引き受けると、アンジェラに言った。

「アンジェラ。パパは間違いなくお前のパパだよ。そんな寂しいこと言わないでおくれ」

「そうよ、アンジェラ」

エレノーラは空いた両手で、アンジェラの腕に手を添える。

「ママは何も変わらないわ。オーガスタスはまだ小さいから、アンジェラも一緒に守ってくれるとうれしいわ」

「ほんと？　ほんとに？　いっしょにいていいの？」

「当たり前じゃない！」

エレノーラはぎゅっと愛娘を抱き締めた。

アンジェラもまたエレノーラの背に手を回し、抱き締め返す。

「ママ、だいすき」

「ママも大好きよ。さあ、行きましょう？」

エレノーラはアンジェラと手を繋ぎ、ジェイクのあとをついていった。

そんな親子の新しい姿を見たからだろう、拍手と歓声が鳴りやまない。

（連れ子再婚だったのに、こんなに祝福されるようになるなんて……！）

そう感慨深げに思う中、大聖堂の入り口に家族四人はそろうことになる。

了

あとがき

このたびは数ある乙女系小説の中から拙作を選んでお買い上げくださり、誠にありがとうございました。またここまでお付き合いいただき、心よりお礼申し上げます。

今回は二見書房のハニー文庫さまに機会をいただき、こうして皆さまとお会いすることができました。改めまして、御子柴くれはと申します。普段は作家や編集者として、漫画原作、ゲームシナリオ、電子書籍出版事業など、多岐にわたって活動しております。

本作は筆者初めての子連れものになります。また担当編集さまのご恩情で紙書籍では初のファンタジーを書かせていただきました。お口に合うようでしたら、合わなくても、ぜひお気軽にご意見・ご感想等、出版社までお寄せください。お待ちしております。

末筆ながら失礼いたします。ここで謝辞を述べさせてください。

文章から情景をイメージしやすいよう素晴らしいイラストを付けてくださったKRN先生。本作をご購入された方のほとんどは表紙をご覧になり、素敵な絵の吸引力からお手に取ってくださったことと思います。ＫＲＮ先生のご尽力には感謝してもしきれません。挨拶にも丁寧に応じてくださり、お忙しい中、本当にありがとうございました。

ハニー文庫の担当さま。編集さま。いつも懇切丁寧、また迅速にご指導くださり、とても作業がスムーズに進みました。こちらも本当にありがとうございました。ご多忙にもかかわらず、ご迷惑やご面倒をおかけし続けましたこと、心よりお詫び申し上げます。おかげさまで、いまこうして無事に発売まで漕ぎ着けることができました。

そして家族や友人、知人。明日出版の仲間たち。病院、整骨院の先生方など。相変わらず病気持ちで体調や精神状態に不安のある私をいつも支えてくださったことで心強く、最後まで書ききることができました。これからも何卒、宜しくお願いいたします。

二見書房の皆さまを筆頭に、取次先、印刷所や各書店さまなど、この物語を紙本にするにあたり関わってくださったすべての皆さま、本当にありがとうございます。

最後に拙作をご購入くださり、貴重な時間を使って読んでくださった読者さま。本当に本当にありがとうございました。次回もどこかでお会いできることを祈っております。

二〇二一年吉日　御子柴くれは　拝

御子柴くれは先生、KRN 先生へのお便り、
本作品に関するご意見、ご感想などは
〒101-8405
東京都千代田区神田三崎町2-18-11
二見書房　ハニー文庫
「バツイチ子持ち令嬢の新たなる縁談」係まで。

本作品は書き下ろしです

Honey Novel

バツイチ子《こ》持《も》ち令嬢《れいじょう》の新《あら》たなる縁談《えんだん》

2021年11月10日　初版発行

【著者】御子柴《みこしば》くれは

【発行所】株式会社二見書房
東京都千代田区神田三崎町2-18-11
電話　03(3515)2311［営業］
　　　03(3515)2314［編集］
振替　00170-4-2639
【印刷】株式会社 堀内印刷所
【製本】株式会社 村上製本所

ISBN978-4-576-21159-6

https://honey.futami.co.jp/

甘くとろける蜜の恋☆濃蜜乙女レーベル

Honey Novel

真下咲良の本

理想の王子様とはちょっと違うの

～砂漠の恋の一期一会～

イラスト＝炎かりよ

父と兄を捜すリーンを助けたのは、王子と同じ名を持つ盗賊団の一味、ファイサル。彼はリーンを未来の妻と呼ぶけれど…。

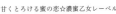

臣 桜の本

記憶喪失の花嫁は死神元帥に溺愛される

イラスト=園見亜季

輿入れ途中、海賊に襲われ記憶を失ったステラは隻眼の元帥アイザックに助けられる。心惹かれていくも彼にはステラと同名の想い人が…